U0088350

語言鳥 Parrot
語言是通往世界的橋梁

語言鳥 Parrot
語言是通往世界的橋梁

5 分鐘搞定日語會話

ONE DAY

超速！日本語会話マスター

5 Minute
Japanese - Conversation Practice.

50音基本發音表

清音

a ㄚ		i ㄧ		u ㄨ		e ㄟ		o ㄡ	
あ	ア	い	イ	う	ウ	え	エ	お	オ
ka ㄎㄚ		ki ㄎㄧ		ku ㄎㄨ		ke ㄎㄟ		ko ㄎㄡ	
か	カ	き	キ	く	ク	け	ケ	こ	コ
sa ㄙㄚ		shi ㄒ		su ㄙㄨ		se ㄙㄟ		so ㄙㄡ	
さ	サ	し	シ	す	ス	せ	セ	そ	ソ
ta ㄊㄚ		chi ㄑㄧ		tsu ㄘ		te ㄊㄟ		to ㄊㄡ	
た	タ	ち	チ	つ	ツ	て	テ	と	ト
na ㄋㄚ		ni ㄋㄧ		nu ㄋㄨ		ne ㄋㄟ		no ㄋㄡ	
な	ナ	に	ニ	ぬ	ヌ	ね	ネ	の	ノ
ha ㄏㄚ		hi ㄏㄧ		hu ㄏㄨ		he ㄏㄟ		ho ㄏㄡ	
は	ハ	ひ	ヒ	ふ	フ	へ	ヘ	ほ	ホ
ma ㄇㄚ		mi ㄇㄧ		mu ㄇㄨ		me ㄇㄟ		mo ㄇㄡ	
ま	マ	み	ミ	む	ム	め	メ	も	モ
ya ㄧㄚ				yu ㄧㄩ				yo ㄧㄡ	
や	ヤ			ゆ	ユ			よ	ヨ
ra ㄌㄚ		ri ㄌㄧ		ru ㄌㄨ		re ㄌㄟ		ro ㄌㄡ	
ら	ラ	り	リ	る	ル	れ	レ	ろ	ロ
wa ㄨㄚ				wo ㄨㄛ				n ㄣ	
わ	ワ			を	ヲ			ん	ン

50音基本發音表

濁音

ga 《丫		gi 《一		gu 《ㄨ		ge 《ㄟ		go 《ㄡ	
が	ガ	ぎ	ギ	ぐ	グ	げ	ゲ	ご	ゴ
za ㄗ丫		ji ㄐ一		zu ㄗ		ze ㄗㄟ		zo ㄗㄡ	
ざ	ザ	じ	ジ	ず	ズ	ぜ	ゼ	ぞ	ゾ
da ㄉ丫		ji ㄐ一		zu ㄗ		de ㄉㄟ		do ㄉㄡ	
だ	ダ	ぢ	ヂ	づ	ヅ	で	デ	ど	ド
ba ㄅ丫		bi ㄅ一		bu ㄅㄨ		be ㄅㄟ		bo ㄅㄡ	
ば	バ	び	ビ	ぶ	ブ	べ	ベ	ぼ	ボ
pa ㄆ丫		pi ㄆ一		pu ㄆㄨ		pe ㄆㄟ		po ㄆㄡ	
ぱ	パ	ぴ	ピ	ぷ	プ	ぺ	ペ	ぽ	ポ

50音基本發音表

拗音-1

kya ㄎㄧㄚ	kyu ㄎㄧㄩ	kyo ㄎㄧㄡ
きゃ キャ	きゅ キュ	きょ キョ
sha ㄒㄧㄚ	syu ㄒㄧㄩ	sho ㄒㄧㄡ
しゃ シャ	しゅ シュ	しょ キョ
cha ㄑㄧㄚ	chu ㄑㄧㄩ	cho ㄑㄧㄡ
ちゃ チャ	ちゅ チュ	ちょ チョ
nya ㄋㄧㄚ	nyu ㄋㄧㄩ	nyo ㄋㄧㄡ
にゃ ニャ	にゅ ニュ	にょ ニョ
hya ㄏㄧㄚ	hyu ㄏㄧㄩ	hyo ㄏㄧㄡ
ひゃ ヒャ	ひゅ ヒュ	ひょ ヒョ
mya ㄇㄧㄚ	myu ㄇㄧㄩ	myo ㄇㄧㄡ
みゃ ミャ	みゅ ミュ	みょ ミョ
rya ㄌㄧㄚ	ryu ㄌㄧㄩ	ryo ㄌㄧㄡ
りゃ リャ	りゅ リュ	りょ リョ

50音基本發音表

拗音-2

gya 《一丫		gyu 《一ㄩ		gyo ㄍ一ㄡ	
ぎゃ	ギャ	ぎゅ	ギュ	ぎょ	ギョ
ja ㄐ一丫		iu ㄐ一ㄩ		jo ㄐ一ㄡ	
じゃ	ジャ	じゅ	ジュ	じょ	ジョ
ja ㄐ一丫		ju ㄐ一ㄩ		jo ㄐ一ㄡ	
ぢゃ	チャ	ぢゅ	チュ	ぢょ	チョ
bya ㄅ一丫		byu ㄅ一ㄩ		byo ㄅ一ㄡ	
びゃ	ビャ	びゅ	ビュ	びょ	ビョ
pya ㄆ一丫		pyu ㄆ一ㄩ		pyo ㄆ一ㄡ	
ぴゃ	ピャ	ぴゅ	ピュ	ぴょ	ピョ

日常問候

正面情緒

CHAPTER.02

負面感嘆

CHAPTER.03

讚美

CHAPTER.04

詢問

肯定回應

CHAPTER.06

否定回應

CHAPTER.07

請求

CHAPTER. 08

約定

推測及其他

Chapter.01

日常問候

5 Minute Japanese Conversation Practice

おはようございます
o.ha.yo.u.go.za.i.ma.su.
早安

説明

　　對於長輩或交情不深的人的話，用本句來道早安。對家人或朋友的話就用比較親切的「おはよう」來打招呼。

會話

A：おはよう。
o. ha. yo. u.

早安

B：おはよう、今日は早いね。
o. ha. yo. u. /kyo. u. wa. ha. ya. i. ne.

早安，今天來得真早。

例句

おはようございます、今日も一日頑張りましょう！
o. ha. yo. u. go. za. i. ma. su. /kyo. u. mo. i. chi. ni. chi. ga. n. ba. ri. ma. sho. u.

早安，今天一整天也好好加油吧！

こんにちは

ko.n.ni.chi.wa.

午安 / 你好

說明

　　有「午安」及「你好」兩種意思，對話中常用為「你好」的意思。面對陌生人或比較不熟的鄰居朋友時常用這句話打開話匣子。

會話

A：こんにちは。
ko.n.ni.chi.wa
你好。

B：あら、田中さん、こんにちは。
a.ra./ta.na.ka.sa.n./ko.n.ni.chi.wa.
哎呀，田中先生，你好。

例句

こんにちは、今日はいい天気ですね。
ko.n.ni.chi.wa./kyo.u.wa.i.i.te.n.ki.de.su.ne.
你好，今天天氣真好。

こんばんは

ko.n.ba.n.wa.

晩安

説明

　　傍晩或晩上碰面時用「こんばんは」這句話向
對方打招呼。晩上與他人道別或睡前道別時則用
「お休みなさい」，中文同樣譯作「晩安」。

會話

A：こんばんは、先日はどうもありがとうご
ざいました。
ko.n.ba.n.wa. /se.n.ji.tsu.wa.do.u.mo.a.ri.ga.to.
u.go.za.i.ma.shi.ta.

晩安，前幾天真是感謝您。

B：いえいえ、どういたしまして。
i.e.i.e. /do.u.i.ta.shi.ma.shi.te.

哪裡哪裡，別客氣。

例句

お休みなさい、また明日。
o.ya.su.mi.na.sa.i. /ma.ta.a.shi.ta.

晩安，明天見。

お元気ですか？

o.ge.n.ki.de.su.ka.

你好嗎？

説明

　　想要詢問對方近況好不好，常使用「お元気で
すか」這句話來表示對對方的關心。

會話 1

A：お元気ですか？
o. ge. n. ki. de. su. ka.

你好嗎？

B：ありがとう、元気だよ。
a. ri. ga. to. u ／ ge. n. ki. da. yo.

謝謝你，我很好喔。

會話 2

A：ご両親はお元気ですか？
go. ryo. u. shi. n. wa. o. ge. n. ki. de. su. ka.

令尊令堂近來可好？

B：お蔭様で、元気です。
o. ka. ge. sa. ma. de. ／ge. n. ki. de. su.

託您的福，過得很好喔。

どうぞ宜しくお願いします

do.u.zo.yo.ro.shi.ku.o.ne.ga.i.shi.

ma.su.

請多多指教

説明

　　常用於初次見面情況，在自我介紹完之後請對
方以後多多關照。

會話

A：鈴木と言います。どうぞ宜しくお願いし
ます。

su.zu.ki.to.i.i.ma.su./do.u.zo.yo.ro.shi.ku.o.ne.
ga.i.shi.ma.su.

我叫鈴木，請多多指教。

B：こちらこそ宜しくお願いします。

ko.chi.ra.ko.so.yo.ro.shi.ku.o.ne.ga.i.shi.ma.su.

我才要請你多多指教。

例句

新入りの田中です。どうぞ宜しくお願いし
ます。

shi.n.i.ri.no.ta.na.ka.de.su./do.u.zo.yo.ro.shi.
ku.o.ne.ga.i.shi.ma.su.

我是新人田中，請多多指教。

お久しぶりです

o.hi.sa.shi.bu.ri.de.su.

好久不見

説明

寒暄問暖用句，在 E-mail、書信裡常用這句開頭表示關懷。

會話

A：お久しぶりね、最近調子はどう？
o. hi. sa. shi. bu. ri. ne. /sa. i. ki. n. cho. u. shi. wa. do. u.

好久不見啦，最近狀況如何？

B：まあまあだね。
ma. a. ma. a. da. ne.

普普通通啦。

例句

皆さん、お久しぶりです。元気にしていますか？
mi. na. sa. n. /o. hi. sa. shi. bu. ri. de. su. /ge. n. ki. ni. shi. te. i. ma. su. ka.

大家好久不見。過得都好嗎？

ありがとうございます
a.ri.ga.to.u.go.za.i.ma.su.
謝謝

説明

向對方表示感謝之情。

會話

A：助けてくれて、ありがとうございます。
ta.su.ke.te.ku.re.te. /a.ri.ga.to.u.go.za.i.ma.su.

謝謝你幫了我。

B：いえいえ、大したことじゃありませんよ。
i.e.i.e. /ta.i.shi.ta.ko.to.ja.a.ri.ma.se.n.yo.

不會不會，小事一樁。

例句

お返事ありがとうございます。
o.he.n.ji.a.ri.ga.to.u.go.za.i.ma.su.

感謝回覆。

お疲れ様でした

o.tsu.ka.re.sa.ma.de.shi.ta.

辛苦了

説明

　　適合用在平輩間及下屬對上屬的情況下。上屬對下屬的話，則適合用「ご苦労様」。

會話

A：お先に失礼します。

o.sa.ki.ni.shi.tsu.re.i.shi.ma.su.

我先走了。

B：お疲れさまでした。

o.tsu.ka.re.sa.ma.de.shi.ta.

辛苦了。

例句

今日も一日お疲れ様でした。

kyo.u.mo.i.chi.ni.chi.o.tsu.ka.re.sa.ma.de.shi.ta.

今天一整天辛苦了。

もしもし
mo.shi.mo.shi.
喂

説明

日本人電話中會説的第一句話就是「もしもし」，相當於中文的「喂」。

會話

A：もしもし、桜井ですけど、今電話大丈夫ですか？

mo.shi.mo.shi./sa.ku.ra.i.de.su.ke.do./i.ma.de.n.wa.da.i.jo.u.bu.de.su.ka.

喂，我是櫻井，現在講電話方便嗎？

B：はい、大丈夫ですよ。どうぞ。

ha.i./da.i.jo.u.bu.de.su.yo./do.u.zo.

是，沒問題喔，請説。

例句

もしもし、聞いていますか？

mo.shi.mo.shi./ki.i.te.i.ma.su.ka.

喂，你有在聽我説話嗎？

すみません。

su.mi.ma.se.n.

對不起 / 不好意思。

（説明）

　　除了用在向對方道歉的時候，也能在請對方讓個路或是幫個小忙的時候使用。

（會話）

A：すみません、これはいくらですか？
su.mi.ma.se.n. /ko.re.wa.i.ku.ra.de.su.ka.

不好意思，這個多少錢？

B：これは五百五十円です。
ko.re.wa.go.hya.ku.go.ju.u.en.de.su.

這個日幣五百五十元。

（例句）

ご迷惑をかけて、本当にすみませんでした。
go.me.i.wa.ku.o.ka.ke.te. /ho.n.to.u.ni.su.mi.
ma.se.n.de.shi.ta.

造成困擾，真的非常抱歉。

おめでとうございます
o.me.de.to.u.go.za.i.ma.su.

恭喜

説明

特別的節日或是對方遇到好事的時候，就可以恭喜對方。對比較熟的親朋好友，一般會只說「おめでとう」。

會話

A：誕生日おめでとう。美咲さんの大好きなケーキを買ってきたよ。
ta.n.jo.u.bi.o.me.de.to.u./mi.sa.ki.sa.n.no.
da.i.su.ki.na.ke.i.ki.o.ka.tte.ki.ta.yo.

生日快樂，我買了美咲最喜歡的蛋糕喔。

B：嬉しいわ、ありがとう。
u.re.shi.i.wa./a.ri.ga.to.u.

好開心喔，謝謝你。

例句

明けましておめでとうございます。
a.ke.ma.shi.te./o.me.de.to.u.go.za.i.ma.su.

新年快樂。

ご馳走様でした
ちそうさま

go.chi.so.u.sa.ma.de.shi.ta.

我吃飽了，多謝招待

説明

　　日本餐桌禮儀中會在用餐前說「いただきます」表示開動，吃飽後就說「ご馳走様でした」

會話

A：ご馳走様でした。美味しかったです。

go.chi.so.u.sa.ma.de.shi.ta./o.i.shi.ka.tta.de.su.

多謝招待，非常好吃。

B：そう言っていただけると、嬉しいです。

so.u.i.tte.i.ta.da.ke.ru.to./u.re.shi.i.de.su.

聽到你這麼說，非常開心。

例句

「ご馳走様でした」は感謝の気持ちを 表す言葉です。

go.chi.so.u.sa.ma.de.shi.ta.wa.ka.n.sha.no.ki.mo.chi.o.a.ra.wa.su.ko.to.ba.de.su.

「多謝招待」是表示感謝心意的一句話。

お帰りなさい

o.ka.e.ri.na.sa.i.

歡迎回來

説明

對從外面進來的人用這句話打招呼。

會話

A：ただいま。

ta.da.i.ma.

我回來了。

B：お帰り。ご飯が出来たわよ。ご飯を食べ
る前に手を洗ってね。

o.ka.e.ri./go.ha.n.ga.de.ki.ta.wa.yo./go.ha.
n.o.ta.be.ru.ma.e.ni.te.o.a.ra.tte.ne.

歡迎回來。飯煮好了喔，吃飯前要洗手喔。

例句

お帰りなさい、頼んだ物全部買ってきてく
れた？

o.ka.e.ri.na.sa.i./ta.no.n.da.mo.no.ze.n.bu.
ka.tte.ki.te.ku.re.ta.

歡迎回來，拜託你買的東西全都買回來了嗎？

ご心配をかけてすみません
go.shi.n.pa.i.o.ka.ke.te.su.mi.ma.se.
n.
讓你擔心很抱歉

説明

　　因為讓對方操心，而感到很不好意思的道歉用
語。

會話

A：ご心配をかけてすみません。
go. shi. n. pa. i. o. ka. ke. te. su. mi. ma. se. n.
讓你擔心很抱歉。

B：気にしないでください。ご無事で何より
です。
ki. ni. shi. na. i. de. ku. da. sa. i. /go. bu. ji. de. na. ni.
yo. ri. de. su.
別在意，你沒事就好。

例句

皆さんにご心配をかけてすみません。
mi. na. sa. n. ni. go. shi. n. pa. i. o. ka. ke. te. su. mi.
ma. se. n.
很抱歉讓大家擔心了。

どうぞお掛けください

do.u.zo.o.ka.ke.ku.da.sa.i.

請坐

説明

招呼對方坐下的客氣説法。

會話

A：どうぞお掛けください。
do. u. zo. o. ka. ke. ku. da. sa. i.

請坐。

B：ありがとうございます。
a. ri. ga. to. u. go. za. i. ma. su.

謝謝。

例句

どうぞお掛けください。お飲み物は何になさいますか？
do. u. zo. o. ka. ke. ku. da. sa. i. /o. no. mi. mo. no. wa. na. ni. ni. na. sa. i. ma. su. ka.

請坐，請問要點什麼飲料呢？

遠慮なくいただきます

e.n.ryo.na.ku.i.ta.da.ki.ma.su.

我就不客氣了

説明

　　要接受別人好意或饋贈，就可以用這句話來表示自己願意收下對方好意。

會話

A：ほんの気持ちですが、良かったら、是非どうぞ。

ho.n.no.ki.mo.chi.de.su.ga./yo.ka.tta.ra./ze.hi.
do.u.zo.

只是一點小小心意，如果方便的話，務必請收下。

B：それでは、遠慮なくいただきます。

so.re.de.wa./e.n.ryo.na.ku.i.ta.da.ki.ma.su.

那麼，我就不客氣了。

例句

せっかくのご馳走ですから、遠慮なくいただきます。

se.kka.ku.no.go.chi.so.u.de.su.ka.ra./　e.n.ryo.
na.ku.i.ta.da.ki.ma.su.

既然是特地準備的佳餚，我就不客氣了。

どうしたしまして

do.u.i.ta.shi.ma.shi.te.

不客氣

説明

表示自己沒幫什麼忙，請對方別放在心上。

會話 1

A：手伝ってくれて、ありがとう。

te.tsu.da.tte.ku.re.te./a.ri.ga.to.u.

謝謝你幫我。

B：いいえ、どういたしまして。

i.i.e./do.u.i.ta.shi.ma.shi.te.

哪裡哪裡，不客氣。

會話 2

A：買い物付き合ってくれて、ありがとう。

ka.i.mo.no.tsu.ki.a.tte.ku.re.te./a.ri.ga.to.u.

謝謝你陪我買東西。

B：どういたしまして。

do.u.i.ta.shi.ma.shi.te.

不客氣。

ご親切にどうも

go.shi.n.se.tsu.ni.do.u.mo.

多謝你的好意

説明

感謝對方給自己的建言或幫助。

會話 1

A：ご親切にどうも。

go.shi.n.se.tsu.ni.do.u.mo.

多謝你的好意。

B：どういたしまして。

do.u.i.ta.shi.ma.shi.te.

不客氣。

會話 2

A：車で送るよ。

ku.ru.ma.de.o.ku.ru.yo.

我開車送你吧。

B：ご親切にどうもありがとう。

go.shi.n.se.tsu.ni.do.u.mo.a.ri.ga.to.u.

多謝你的好意。

お世話になりました
o.se.wa.ni.na.ri.ma.shi.ta.

承蒙關照

説明

　　感謝對方平日照顧。就算實際上沒有受到對方照顧，也可以用來當客套話。

會話

A： 短い間でしたが、大変お世話になりました。

mi.ji.ka.i.a.i.da.de.shi.ta.ga./ta.i.he.n.o.se.wa.ni.na.ri.ma.shi.ta.

雖然時間不長，但承蒙您的照顧了。

B：こちらこそお世話になりました。

ko.chi.ra.ko.so.o.se.wa.ni.na.ri.ma.shi.ta.

我才是承蒙您的照顧了。

例句

去年は色々お世話になりました。

kyo.ne.n.wa.i.ro.i.ro.o.se.wa.ni.na.ri.ma.shi.ta.

去年受到您很多照顧。

お大事にしてください

o.da.i.ji.ni.shi.te.ku.da.sa.i.

請保重身體

説明

　　請對方好好注意身體健康或好好養病表示關心。

會話

A：今日はどうも風邪を引いてしまったみたいです。

kyo.u.wa.do.u.mo.ka.ze.o.hi.i.te.shi.ma.tta.mi.ta.i.de.su.

今天好像真的感冒了。

B：あまり無理をしないで、お大事にしてください。

a.ma.ri.mu.ri.o.shi.na.i.de. /o.da.i.ji.ni.shi.te.ku.da.sa.i.

請不要太勉強，好好保重身體。

例句

早く風邪が治ると、いいですね。お大事に。

ha.ya.ku.ka.ze.ga.na.o.ru.to. /i.i.de.su.ne. /o.da.i.ji.ni.

希望你的感冒可以快點好起來。請保重。

お気の毒に
o.ki.no.do.ku.ni.
真可憐

説明

　知道對方遇到不順利的事情，感到很遺憾時，可以用這一句話表示同情。

會話

A：昨日野良犬に噛まれました。

ki.no.u.no.ra.i.nu.ni.ka.ma.re.ma.shi.ta.

昨天被野狗咬了。

B：それはお気の毒に。早く傷が治るといいですね。

so.re.wa.o.ki.no.do.ku.ni./ha.ya.ku.ki.zu.ga.na.o.ru.to.i.i.de.su.ne.

那真是可憐。希望你的傷口可以趕快好起來。

例句

今回の事件は本当にお気の毒だと思います。

ko.n.ka.i.no.ji.ke.n.wa.ho.n.to.u.ni.o.ki.no.do.ku.da.to.o.mo.i.ma.su.

我為這次的事件感到很難過。

皆 に宜しく伝えてください

mi.n.na.ni.yo.ro.shi.ku.tsu.ta.e.te.
ku.da.sa.i.

請幫我跟大家問好

説明

請對方向某人問安，表示自己的關心。

會話

A：先生は用事があって、行けないので、
皆に宜しくね。

se.n.se.i.wa.yo.u.ji.ga.a.tte./i.ke.na.i.no.de./
mi.n.na.ni.yo.ro.shi.ku.ne.

老師明天有事沒辦法去，請幫我跟大家問好。

B：分かりました。皆さんに伝えます。

wa.ka.ri.ma.shi.ta./mi.na.sa.n.ni.tsu.ta.e.ma.su.

我知道了，我會轉告大家。

例句

お母さんにも宜しく伝えてください。

o.ka.a.sa.n.ni.mo.yo.ro.shi.ku.tsu.ta.e.te.ku.da.
sa.i.

請你幫我向令堂問好。

いらっしゃい

i.ra.ssha.i.

歡迎光臨

説明

　　歡迎對方來自己的家裡或店裡的招呼語。

會話 1

A：いらっしゃい、どうぞあがってください。
i.ra.ssha.i./do.u.zo.a.ga.tte.ku.da.sa.i.

歡迎光臨，請進。

B：お邪魔します。
o.ja.ma.shi.ma.su.

打擾了。

會話 2

A：いらっしゃいませ！何名様ですか？
i.ra.ssha.i.ma.se./na.n.me.i.sa.ma.de.su.ka.

歡迎光臨！請問幾位？

B：1人です。
hi.to.ri.de.su.

一位。

お元気でいてください
げんき

o.ge.n.ki.de.i.te.ku.da.sa.i.

請保重

説明

如果是對晚輩或比較親暱的對象的話，可用
「お元気で」。
げんき

會話

A：それじゃ、行きます。
い
so.re.ja./i.ki.ma.su.

那麼，我要走了。

B：お元気でいてください。何かあったら、
げんき　　　　　　　　　　　なに
お電話ください。
でんわ
o.ge.n.ki.de.i.te.ku.da.sa.i./na.ni.ka.a.tta.ra./
o.de.n.wa.ku.da.sa.i.

請保重。有什麼事情的話，請打電話給我。

例句

しばらく会えないけど、お元気でね。
あ　　　　　　　　　　　げんき
shi.ba.ra.ku.a.e.na.i.ke.do./o.ge.n.ki.de.ne.

雖然暫時無法見面，但請你保重喔。

こちらこそ
ko.chi.ra.ko.so.
彼此彼此

説明

希望對方不要客氣或是不要在意的客套話。

會話1

A：誘ってくれて、ありがとう。
sa.so.tte.ku.re.te./a.ri.ga.to.u.
謝謝你邀我。

B：こちらこそありがとう。
ko.chi.ra.ko.so.a.ri.ga.to.u.
彼此彼此，我才要謝謝你呢。

會話2

A：わざわざ来て 頂 いて、すみません。
wa.za.wa.za.ki.te.i.ta.da.i.te./su.mi.ma.se.n.
讓您特地趕來，真抱歉。

B：こちらこそすみません。
ko.chi.ra.ko.so.su.mi.ma.se.n.
彼此彼此，我才要説抱歉。

行ってきます

い

i.tte.ki.ma.su.

我出門了

説明

　　要離開的人出門前說的話，隱含有自己還會再
回來的意思。

會話 1

A：行ってきます。

い

i.tte.ki.ma.su.

我出門了。

B：いってらっしゃい。

i.tte.ra.ssha.i.

慢走。

會話 2

A：仕事に行ってくる。

しごと　　　い

shi.go.to.ni.i.tte.ku.ru.

我去上班了。

B：帰りに醤油を買うのを忘れないでね。

かえ　　しょうゆ　か　　　　　　　わす

ka.e.ri.ni.sho.u.yu.o.ka.u.no.o.wa.su.re.na.i.de.
ne.

回來的時侯不要忘了買醬油。

今日はいい天気ですね

kyo.u.wa.i.i.te.n.ki.de.su.ne.

今天天氣真好

説明

在臺灣大家習慣用「吃飽了嗎」來代替問候，在日本則常用天氣話題當問候語。

會話 1

A：今日はいい天気ですね。

kyo.u.wa.i.i.te.n.ki.de.su.ne.

今天天氣真好。

B：そうですね。気持ちいいお天気ですね。

so.u.de.su.ne. /ki.mo.chi.i.i.o.te.n.ki.de.su.ne.

是啊，是舒服的天氣。

會話 2

A：明日、いい天気になるといいですね。

a.shi.ta. /i.i.te.n.ki.ni.na.ru.to.i.i.de.su.ne.

希望明天是好天氣。

B：そうですね。

so.u.de.su.ne.

對啊。

良い一日を
よ　いちにち

yo.i.i.chi.ni.chi.o.

祝你有美好的一天

説明
　　本句是「良い一日を迎えてください」的口
語省略。
　　　　よ　いちにち　　むか

會話 1

A：今日も良い一日を。
　　きょう　よ　いちにち

kyo.u.mo.yo.i.i.chi.ni.chi.o.

祝你有美好的一天

B：佐田さんも素敵な一日を。
　　さ　だ　　　　　すてき　いちにち

sa.da.sa.n.mo.su.te.ki.na.i.chi.ni.chi.o.

也祝佐田先生有很棒的一天。

會話 2

A：佐藤さん、良い一日を。
　　さとう　　　　よ　いちにち

sa.to.u.sa.n./yo.i.i.chi.ni.chi.o.

佐藤小姐，祝你有美好的一天。

B：ありがとうございます。福田さんもよい
　　　　　　　　　　　　　　ふくだ

一日を。
いちにち

a.ri.ga.to.u.go.za.i.ma.su./fu.ku.da.sa.n.mo.
yo.i.i.chi.ni.chi.o.

謝謝。也祝福福田小姐你有美好的一天。

初めまして
ha.ji.me.ma.shi.te.
初次見面

説明

　跟對方第一次見到面時的招呼用語。

會話

A：初めまして。河井と言います。宜しくお
願いします。

ha.ji.me.ma.shi.te. /ka.wa.i.to.i.i.ma.su. /yo.ro.
shi.ku.o.ne.ga.i.shi.ma.su.

初次見面，我叫河井，請多指教。

B：佐藤です。こちらこそ宜しくお願いしま
す。

sa.to.u.de.su. /ko.chi.ra.ko.so.yo.ro.shi.ku.o.ne.
ga.i.shi.ma.su.

我是佐藤，我也要請你多多指教。

例句

初めまして！新人の伊藤です。

ha.ji.me.ma.shi.te. /shi.n.ji.n.no.i.to.u.de.su.

初次見面！我是新來的伊藤。

では、また

de.wa./ma.ta.

那麼，再見

說明

　　如果對象是熟人朋友的話，可以用比較輕鬆的「じゃ、またね」、「じゃね」等說法。

會話 1

A：気をつけて帰ってね。それじゃ、また。
ki. o. tsu. ke. te. ka. e. tte. ne. /so. re. ja. /ma. ta.

回家路上小心喔，那就再見了。

B：またね。
ma. ta. ne.

再見。

會話 2

A：今日の授業はここまでです。では、また明日。
kyo. u. no. ju. gyo. u. wa. ko. ko. ma. de. de. su. /de. wa. /
ma. ta. a. shi. ta.

今天的課就上到這裡。那麼，明天見。

B：また明日。
ma. ta. a. shi. ta.

明天見。

いってらっしゃい
i.tte.ra.ssha.i.
慢走

説明

　　對要離開的人說的話，對象是平輩、長輩都可以使用。

會話1

A：お弁当を買いに行ってくるね。
o. be. n. to. u. o. ka. i. ni. i. tte. ku. ru. ne.

我出去買便當回來。

B：いってらっしゃい。
i. tte. ra. ssha. i.

慢走。

會話2

A：学校に行ってくる。
ga. kko. u. ni. i. tte. ku. ru.

我去學校了。

B：いってらっしゃい。
i. tte. ra. ssha. i.

慢走。

何よりです
なに

na.ni.yo.ri.de.su.

再好不過

説明

「より」是「比」的意思，整句意思是某件事物比什麼都重要。

會話 1

A：皆さんは楽しそうですね。
みな　　　　　たの

mi.na.sa.n.wa.ta.no.shi.so.u.de.su.ne.

大家看起來很高興呢。

B：それは何よりです。
なに

so.re.wa.na.ni.yo.ri.de.su.

那真是再好不過了。

會話 2

A：皆さんのお蔭で、無事に帰ってきました。
みんな　　　　かげ　　ぶじ　　かえ

mi.n.na.sa.n.no.o.ka.ge.de./bu.ji.ni.ka.e.tte.ki.ma.shi.ta.

托各位的福，我平安回來了。

B：ご無事で、何よりです。
ぶじ　　なに

go.bu.ji.de./na.ni.yo.ri.de.su.

沒事真是太好了。

台湾から来ました
ta.i.wa.n.ka.ra.ki.ma.shi.ta.
我從臺灣來的

説明

用於介紹自己來自哪裡。

會話1

A：台湾から来た王です。宜しくお願いします。

ta.i.wa.n.ka.ra.ki.ta.o.u.de.su. /yo.ro.shi.ku.o.ne.ga.i.shi.ma.su.

我是從臺灣來的，姓王，請多指教。

B：宜しくお願いします。

yo.ro.shi.ku.o.ne.ga.i.shi.ma.su.

請多指教。

會話2

A：どこから来たのですか？

do.ko.ka.ra.ki.ta.no.de.su.ka.

你來自哪裡呢？

B：イギリスのロンドンから来たジョイです。

i.gi.ri.su.no.ro.n.do.n.ka.ra.ki.ta.jo.i.de.su.

我是從英國倫敦來的喬伊。

どうも

do.u.mo.

謝謝 / 你好

説明

當「你好」時使用，是比較輕鬆的打招呼方式，
另外也常用來表示「感謝」的意思。

會話 1

A：あ、どうも。お久しぶりです。
a. /do. u. mo. /o. hi. sa. shi. bu. ri. de. su.

啊，你好。好久不見。

B：お久しぶりです。
o. hi. sa. shi. bu. ri. de. su.

好久不見。

會話 2

A：良かったら、どうぞ。
yo. ka. tta. ra. /do. u. zo.

不嫌棄的話，請用。

B：ご親切にどうも。
go. shi. n. se. tsu. ni. do. u. mo.

多謝您的好意。

5 Minute Japanese - Conversation Practice

ONE DAY

5分鐘
搞定
日語會話

■□■ 超速！日本語会話マスター ■□■

Chapter.02

正面

情緒

5 Minute Japanese Conversation Practice

楽しいです

ta.no.shi.i.de.su.

很愉快

説明

用來形容令人感到快樂的人事物，如果要形容個人的高興情緒，常用「嬉しい」。

會話

A：今日は楽しかったですよ。ありがとうございます。

kyo.u.wa.ta.no.shi.ka.tta.de.su.yo./a.ri.ga.to.u.go.za.i.ma.su.

今天很愉快，謝謝你。

B：楽しんで貰えて良かったです。

ta.no.shi.n.de.mo.ra.e.te.yo.ka.tta.de.su.

能讓你開心真是太好了。

例句

新しい友達が出来て、本当に嬉しい。

a.ta.ra.shi.i.to.mo.da.chi.ga.de.ki.te./ho.n.to.u.ni.u.re.shi.i.

交到新朋友，真的好開心。

欲しいです
ho.shi.i.de.su.
想要

説明

名詞加上「欲しい」是想要某種東西的意思，動詞加上「欲しい」則是想請對方進行某動作的意思。

會話

A：良かったら、味見して欲しいです。
yo. ka. tta. ra. /a. ji. mi. shi. te. ho. shi. i. de. su.
方便的話，想讓你試試味道。

B：はい、喜んで。
ha. i. /yo. ro. ko. n. de.
好的，非常樂意。

例句

もっと時間が欲しいです。
mo. tto. ji. ka. n. ga. ho. shi. i. de. su.
我想要更多時間。

寒いです

sa.mu.i.de.su.

很冷

説明

　　形容天氣很冷。形容笑話很冷也可以用這個字。

會話

A：今日は寒いです。風邪に気をつけてください ね。

kyo.u. wa. sa. mu. i. de. su. /ka. ze. ni. ki. o. tsu. ke. te. ku. da. sa. i. ne.

今天很冷，小心不要感冒了。

B：はい、気をつけます。

ha. i. /ki. wo. tsu. ke. ma. su.

好的，我會小心。

例句

外に出ると寒いから、部屋から出たくない。

so. to. ni. de. ru. to. sa. mu. i. ka. ra. /he. ya. ka. ra. de. ta. ku. na. i.

去外面的話就會會很冷，所以我不想離開房間。

冷たいです
tsu.me.ta.i.de.su.
冷漠 / 很冷

説明

　　形容人的態度冷漠，也可能用來形容身體感受到的溫度很低。

會話

A：最近彼女の態度が冷たくなって、悩んでいます。

sa.i.ki.n.ka.no.jo.no.ta.i.do.ga.tsu.me.ta.ku.na.tte. /na.ya.n.de.i.ma.su.

最近女朋友的態度變得很冷漠，我好煩惱。

B：何か彼女を怒らせるような事でもしたんですか？

na.ni.ka.ka.no.jo.o.o.ko.ra.se.ru.yo.u.na.ko.to.de.mo.shi.ta.n.de.su.ka.

你是不是做了什麼讓她生氣的事情嗎？

例句

冷たい飲み物が飲みたい。

tsu.me.ta.i.no.mi.mo.no.ga.no.mi.ta.i.

我想喝冰的飲料。

熱いです

a.tsu.i.de.su.

很燙

説明

　　形容食物很燙，或者熱門、熱血。如果要説天氣很熱的話，會説「暑い」。

會話

A：コーヒーがとても熱いので、気をつけてください。

ko. o. hi. i. ga. to. te. mo. a. tsu. i. no. de. /ki. o. tsu. ke. te. ku. da. sa. i.

咖啡很燙，請小心。

B：はい、ありがとうございます。

ha. i. /a. ri. ga. to. u. go. za. i. ma. su.

好的，謝謝你。

例句

暑いので、汗をたくさんかきました。

a. tsu. i. no. de. / a. se. o. ta. ku. sa. n. ka. ki. ma. shi. ta.

因為很熱，流了好多汗。

お腹が一杯です

o.na.ka.ga.i.ppa.i.de.su.

吃飽了

説明

　　口語中有時會省略只説「お腹一杯」，表示已經吃得很飽了。

會話

A：ドーナツをもう一つどうですか？

do.o.na.tsu.o.mo.u.hi.to.tsu.do.u.de.su.ka.

再來一個甜甜圈如何？

B：ありがとうございます。もうお腹が一杯です。

a.ri.ga.to.u.go.za.i.ma.su./mo.u.o.na.ka.ga.i.ppa.i.de.su.

謝謝。我已經吃飽了。

例句

５００円の牛丼セットでお腹一杯です。

go.hya.ku.e.n.no.gyu.u.do.n.se.tto.de.o.na.ka.i.ppa.i.de.su.

吃 500 元的牛丼套餐吃得很飽。

やった
ya.tta.
太好了

説明

　　事情如自己所願時，因太過喜悅而不禁脱口説出的感嘆詞。

會話 1

A：やった！まさか勝てるとは思わなかった。
ya. tta. /ma. sa. ka. ka. te. ru. to. wa. o. mo. wa. na. ka. tta.

太好了！我根本沒想過竟然會贏。

B：凄いね！おめでとう。
su. go. i. ne. /o. me. de. to. u.

真厲害！恭喜你。

會話 2

A：やった！無事に合格しました。
ya. tta. /bu. ji. ni. go. u. ka. ku. shi. ma. shi. ta.

太棒了！我順利考上了。

B：それはよかったですね。
so. re. wa. yo. ka. tta. de. su. ne.

那真是太好了呢。

信じられません
shi.n.ji.ra.re.ma.se.n.
真不敢相信

説明

　　難以相信某件事情時，用這句話來表示內心的驚訝。

會話 1

A：吉川さんは来月香月さんと結婚するそうです。

yo. shi. ka. wa. sa. n. wa. ra. i. ge. tsu. ka. tsu. ki. sa.
n. to. ke. kko. n. su. ru. so. u. de. su.

聽說吉川先生下個月要跟香月小姐結婚。

B：信じられません。

shi. n. ji. ra. re. ma. se. n.

我真不敢相信。

會話 2

A：信じられません。

shi. n. ji. ra. re. ma. se. n.

令人難以相信。

B：本当です。信じてください。

ho. n. to. u. de. su. /shi. n. ji. te. ku. da. sa. i.

是真的，請相信我。

完璧です
かんぺき

ka.n.pe.ki.de.su.

完美

説明

形容挑不出任何瑕疵或錯誤，非常完美。

會話 1

A：明日の準備は完璧です。楽しみにして
あした じゅんび かんぺき たの

ください。

a.shi.ta.no.ju.n.bi.wa.ka.n.pe.ki.de.su./ta.no.
shi.mi.ni.shi.te.ku.da.sa.i.

明天的準備做得很完美，敬請期待。

B：楽しみですよ。
たの

ta.no.shi.mi.de.su.yo.

我很期待喔。

會話 2

A：如何ですか？
いかが

i.ka.ga.de.su.ka.

如何？

B：完璧です。
かんぺき

ka.n.pe.ki.de.su.

很完美。

すっきりしました

su.kki.ri.shi.ma.shi.ta.

心情舒暢

説明

煩心的事情消失之後，心情豁然開朗。

會話

A：髪を切って、すっきりしました。

ka.mi.o.ki.tte./su.kki.ri.shi.ma.shi.ta.

剪了頭髮之後，心情舒暢。

B：私も髪を切ろうかな。

wa.ta.shi.mo.ka.mi.o.ki.ro.u.ka.na.

我也要不要來剪個頭髮呢。

例句

大掃除が終わって、すっきりした。

o.o.so.u.ji.ga.o.wa.tte./su.kki.ri.shi.ta.

大掃除結束，心情舒暢。

わくわくします

wa.ku.wa.ku.shi.ma.su.

欣喜雀躍

説明

　　因為期待或喜悅而感到雀躍、興奮的擬態語，
年輕人常用口語。

會話

A：明日修学旅行だ。わくわくする。

a.shi.ta.shu.u.ga.ku.ryo.ko.u.da./wa.ku.wa.ku.
su.ru.

明天就是校外教學了，真令人興奮。

B：明日が楽しみだな。

a.shi.ta.ga.ta.no.shi.mi.da.na.

真期待明天。

例句

明日アイドルに会えると思うと、わくわく

する。

a.shi.ta.a.i.do.ru.ni.a.e.ru.to.o.mo.u.to./wa.ku.
wa.ku.su.ru.

想到明天就可以見到偶像，就雀躍不已。

感動しました
ka.n.do.u.shi.ma.shi.ta.
感動

説明

跟中文語意類似，受外在影響而內心感動。

會話 1

A：あの映画を見て、すげぇ感動しちゃった。
a. no. e. i. ga. o. mi. te. /su. ge. e. ka. n. do. u. shi. cha.
tta.

看了那部電影之後，我超感動的。

B：マジ？
ma. ji.

真假？

會話 2

A：美味しすぎて、感動したよ。
o. i. shi. su. gi. te. /ka. n. do. u. shi. ta. yo.

因為太好吃了，覺得好感動。

B：そう言ってくれて、嬉しい。
so. u. i. tte. ku. re. te. /u. re. shi. i.

聽到你這麼説真開心。

つい

tsu.i.

無意中 / 忍不住

説明

不留神或因禁不住誘惑，不小心作了某動作。

會話 1

A：新発売のスイーツを見ると、つい買っちゃうの。

shi.n.ha.tsu.ba.i.no.su.i.i.tsu.o.mi.ru.to./tsu.i.ka.ccha.u.no.

我只要一看到新開賣的甜點，就會忍不住買下手。

B：その気持ち、分かるよ。

so.no.ki.mo.chi./wa.ka.ru.yo.

我懂你的心情。

會話 2

A：美味しくて、つい食べすぎた。

o.i.shi.ku.te./tsu.i.ta.be.su.gi.ta.

因為很好吃，一不留神就吃太多了。

B：まだ沢山あるから、遠慮なく食べてね。

ma.da.ta.ku.sa.n.a.ru.ka.ra./e.n.ryo.na.ku.ta.be.te.ne.

還有很多，不用客氣盡量吃吧。

やっと終わりました
ya.tto.o.wa.ri.ma.shi.ta.
終於結束了

説明

「やっと」有「終於、好不容易」的意思，整句表示因某件事情終於結束而鬆了一口氣。

會話

A：やっと期末試験が終わった。
ya.tto.ki.ma.tsu.shi.ke.n.ga.o.wa.tta.
期末考終於結束了。

B：明日から夏休みだ！
a.shi.ta.ka.ra.na.tsu.ya.su.mi.da
明天起就是暑假了！

例句

やっと仕事が終わりました。
ya.tto.shi.go.to.ga.o.wa.ri.ma.shi.ta.
工作終於結束了。

よし
yo.shi.
好

説明

　　本句是感嘆詞，有給自己信心喊話的作用，常在表示決心的時候使用。

會話 1

A：よし、明日は鍋パーティーをしよう。
yo. shi. /a. shi. ta. wa. na. be. pa. a. ti. i. o. shi. yo. u.

好！明天來開火鍋派對吧。

B：鍋か、いいね。
na. be. ka. /i. i. ne.

火鍋啊，很不錯耶。

會話 2

A：よし、行きましょう。
yo. shi. /i. ki. ma. sho. u.

好，走吧。

B：私も準備が出来たので、行きましょう。
wa. ta. shi. mo. ju. n. bi. ga. de. ki. ta. no. de. /i. ki. ma. sho. u.

我也準備好了，走吧。

意外です
い が い
i.ga.i.de.su.

意想不到

説明

意指某件事物超出想像，而覺得很意外。

會話 1

A：ここで先輩に出会うとは意外です。
ko. ko. de. se. n. pa. i. ni. de. a. u. to. wa. i. ga. i. de. su.

在這裡遇到學長真是意外。

B：奇遇だね。
ki. gu. u. da. ne.

真是巧遇呢。

會話 2

A：あの山本くんが猫好きなんだって。
a. no. ya. ma. mo. to. ku. n. ga. ne. ko. zu. ki. na. n. da. tte.

聽說那個山本是貓咪愛好者耶。

B：意外です。
i. ga. i. de. su.

真是令人意外。

待ち遠しいです

ma.chi.do.o.shi.i.de.su.

等不及

説明

　　形容已經等待已久，非常焦急地盼望某件事情
快點到來。

會話 1

A：夏休みが待ち遠しい。

na.tsu.ya.su.mi.ga.ma.chi.do.o.shi.i.

我等不及暑假了。

B：そうだ！夏休みに、皆で海に行こう！

so.u.da. /na.tsu.ya.su.mi.ni. /mi.n.na.de.u.mi.
ni.i.ko.u.

對了！暑假的時候，大家一起去海邊吧！

會話 2

A：明日のコンサートが待ち遠しい。

a.shi.ta.no.ko.n.sa.a.to.ga.ma.chi.do.o.shi.i.

我等不及明天的演唱會了。

B：今日は興奮して、眠れないかも。

kyo.u.wa.ko.u.fu.n.shi.te. /ne.mu.re.na.i.ka.mo.

我今天可能會興奮到睡不著。

安心しました
あんしん

a.n.shi.n.shi.ma.shi.ta.

安心了

説明

因為擔憂的事情解決了，放下心中的大石頭。

會話 1

A：これで安心しました。
ko.re.de.a.n.shi.n.shi.ma.shi.ta.

這樣就可以安心了。

B：よかったです。
yo.ka.tta.de.su

真是太好了。

會話 2

A：結果が出るまでは安心できない。
ke.kka.ga.de.ru.ma.de.wa.a.n.shi.n.de.ki.na.i.

在結果出來之前都沒辦法安心。

B：私も緊張して、どきどきしている。
wa.ta.shi.mo.ki.n.cho.u.shi.te./do.ki.do.ki.shi.
te.i.ru.

我也因為緊張心裡七上八下的。

いよいよ

i.yo.i.yo.

終於

説明

等待已久的事物終於要來臨或實現的意思。

會話 1

A：いよいよ明日が結果発表の日だ。
i. yo. i. yo. a. shi. ta. ga. ke. kka. ha. ppyo. u. no. hi. da.

終於明天就是揭曉結果的日子了。

B：ドキドキする。
do. ki. do. ki. su. ru.

真令人緊張。

會話 2

A：いよいよ俺の出番だ。
i. yo. i. yo. o. re. no. de. ba. n. da.

終於輪到我大顯身手了。

B：頑張ってね。
ga. n. ba. tte. ne.

加油！

余裕です

よゆう

yo.yu.u.de.su.

從容不迫

説明

　　指面對某種情況，仍能保持游刃有餘的態度去處理。

會話 1

A：大丈夫だって、安心しろよ。
だいじょうぶ　　　　あんしん

da. i. jo. u. bu. da. tte. /a. n. shi. n. shi. ro. yo.

就説沒問題嘛，放心啦。

B：随分余裕ですね。
ずいぶんよゆう

zu. i. bu. n. yo. yu. u. de. su. ne.

你還真是從容不迫耶。

會話 2

A：こんなもん、余裕ですよ。
よゆう

ko. n. na. mo. n. /yo. yu. u. de. su. yo.

這點小事，輕輕鬆鬆就能解決了。

B：すごいですね。

su. go. i. de. su. ne.

真厲害。

～にはまっています

ni.ha.ma.tte.i.ma.su.

對…著迷

説明

　　年輕人常用的口語表達方式，表示自己非常熱
愛、著迷於某件事情。

會話1

A：最近はインド映画にハマっているの。

sa.ki.n.wa. i.n.do.e.i.ga.ni.ha.ma.tte.i.ru.no.

我最近沉迷於印度電影。

B：インド映画か。面白そう。

i.n.do.e.i.ga.ka./o.mo.shi.ro.so.u

印度電影啊，好像很有趣。

會話1

A：はまっているものはありますか？

ha.ma.tte.i.ru.mo.no.wa.a.ri.ma.su.ka.

你有什麼著迷的東西嗎？

B：最近は唐揚げにはまっています。

sa.i.ki.n.wa.ka.ra.a.ge.ni.ha.ma.tte.i.ma.su.

我最近對炸雞很著迷。

気になります

ki.ni.na.ri.ma.su.

在意

説明

　　因對某件人事物放不下而感到在意，在意的對象如果是人的話，常是暗指喜歡某人的意思。

會話

A：気になる女の子いますか？

ki. ni. na. ru. o. n. na. no. ko. i. ma. su. ka.

你有中意的女孩子嗎？

B：特にいません。

to. ku. ni. i. ma. se. n.

我沒有特別中意的人。

例句

ちょっと気になることがあるんですけど、聞いてもいいですか？

cho. tto. ki. ni. na. ru. ko. to. ga. a. ru. n. de. su. ke. do. /
ki. i. te. mo. i. i. de. su. ka.

我有有點在意的事情，可以問一下嗎？

助かりました
ta.su.ka.ri.ma.shi.ta.
得救了

説明

受到別人的幫助，讓危機得以解除。

會話 1

A：ノート貸してくれて、ありがとう。助かったよ。

no.o.to.ka.shi.te.ku.re.te./a.ri.ga.to.u./ta.su.ka.tta.yo.

謝謝你借我筆記，讓我得救了。

B：そんな大袈裟な。

so.n.na.o.o.ge.sa.na.

沒那麼誇張吧。

會話 2

A：この間はお蔭様で、助かりました。

ko.no.a.i.da.wa.o.ka.ge.sa.ma.de./ta.su.ka.ri.ma.shi.ta.

之前拖您的福，讓我得救了。

B：いや、こちらこそ。

i.ya./ko.chi.ra.ko.so.

哪裡，彼此彼此。

お気に入りです

o.ki.ni.i.ri.de.su.

喜愛

説明

表示特別偏好、喜愛某事物。

會話 1

A：その帽子、可愛いです。

so.no.bo.u.shi./ka.wa.i.i.de.su.

那頂帽子很可愛。

B：これは 私 のお気に入りです。

ko.re.wa.wa.ta.shi.no.o.ki.ni.i.ri.de.su.

這是我的最愛。

會話 2

A：お勧めのブランドを教えて。

o.su.su.me.no.bu.ra.n.do.o.o.shi.e.te.

請告訴我你推薦的品牌。

B：お気に入りのブランドはこれよ。

o.ki.ni.i.ri.no.bu.ra.n.do.wa.ko.re.yo.

我喜歡的品牌是這個喔。

～が自慢です

ga.ji.ma.n.de.su.

自豪

説明

對於某件人事物感到引以為傲。

會話 1

A：佐藤さんは歌声が自慢です。

sa. to. u. sa. n. wa. u. ta. go. e. ga. ji. ma. n. de. su.

佐藤非常自豪他的歌聲。

B：確かに歌声は素敵です。

ta. shi. ka. ni. u. ta. go. e. wa. su. te. ki. de. su.

歌聲確實很棒。

會話 2

A：これが我が家の自慢料理よ。

ko. re. ga. wa. ga. ya. no. ji. ma. n. ryo. u. ri. yo.

這是我家的拿手菜喔。

B：美味しそう。

o. i. shi. so. u.

看起來真好吃。

Chapter.03

負面感嘆

5 Minute Japanese Conversation Practice

馬鹿
ba.ka.
笨蛋

説明

責罵對方的常用口語説法。

會話 1

A：太郎の馬鹿！
ta. ro. u. no. ba. ka.

太郎是笨蛋！

B：そんなに怒るなよ。
so. n. na. ni. o. ko. ru. na. yo.

別那麼生氣嘛。

會話 2

A：馬鹿！
ba. ka.

笨蛋！

B：ええ？俺が悪いの？
e. e. /o. re. ga. wa. ru. i. no.

咦？是我不對嗎？

もう嫌です
mo.u.i.ya.de.su.
受夠了

説明

「嫌です」是「討厭」的意思。用於表示對現狀感到不滿已久，內心憤恨不平。

會話1

A：カップ麺ばかりの生活はもう嫌だ。
ka.ppu.me.n.ba.ka.ri.no.se.i.ka.tsu.wa.mo.u.i.ya.
da.

我已經受夠只吃泡麵的生活了。

B：カップ麺は美味しいのに。
ka.ppu.me.n.wa.o.i.shi.i.no.ni.

泡麵明明就很好吃。

會話2

A：もう嫌です。帰ります。
mo.u.i.ya.de.su./ka.e.ri.ma.su.

我受夠了，我要回去了。

B：やれやれ。
ya.re.ya.re.

哎呀哎呀。

参ったな
ま い
ma.i.tta.na.
敗給你了

説明

對對方所作所為感到無可奈何，無計可施。

會話 1

A：また財布がなくなった！
ma. ta. sa. i. fu. ga. na. ku. na. tta.

我的錢包又不見了！

B：参ったな。
ma. i. tta. na.

真是服了你。

會話 2

A：やばい！先生にばれちゃった。
ya. ba. i. /se. n. se. i. ni. ba. re. cha. tta.

糟糕！被老師發現了。

B：参ったな。
ma. i. tta. na.

真是敗給你了。

死ぬほど疲れました

shi.nu.ho.do.tsu.ka.re.ma.shi.ta.

累死了

説明

「死ぬほど」是表示「非常、極度」的意思。

會話

A：死ぬほど腹が減った。何か食べ物はない

のか？

shi.nu.ho.do.ha.ra.ga.he.tta. /na.ni.ka.ta.be.mo.
no.wa.na.i.no.ka.

我餓死了，有沒有什麼吃的東西？

B：チャーハンはまだあるんだけど、食べる？

cha.a.ha.n.wa.ma.da.a.ru.n.da.ke.do. /ta.be.ru.

還有炒飯，要吃嗎？

例句

久しぶりに死ぬほど疲れた。

hi.sa.shi.bu.ri.ni.shi.nu.ho.do.tsu.ka.re.ta.

好久沒這麼精疲力盡了。

恥ずかしいです
ha.zu.ka.shi.i.de.su.
害羞 / 丟臉

説明

　　用來形容害羞的樣子，另外也能用來形容感到慚愧、羞恥。

會話

A：人前で歌うのは何だか恥ずかしい。

hi.to.ma.e.de.u.ta.no.wa.na.n.da.ka.ha.zu.ka.shi.i.

在眾人面前唱歌總覺得很害羞。

B：確かに。

ta.shi.ka.ni.

確實。

例句

コンビニで転んじゃった。超恥ずかしかった！

ko.n.bi.ni.de.ko.ro.n.ja.tta. /cho.u.ha.zu.ka.shi.ka.tta.

在便利商便裡跌倒，超丟臉！

うんざりです

u.n.za.ri.de.su.

厭煩 / 膩了

說明

表示對某件事情感到厭煩，已經受夠了。

會話

A：もううんざりだ！

mo. u. u. n. za. ri. da.

煩死了！

B：飴あげるから、機嫌を直してよ。

a. me. a. ge. ru. ka. ra. / ki. ge. n. o. na. o. shi. te. yo.

給你糖果，消消氣。

例句

お母さんの説教にうんざりした。

o. ka. a. sa. n. no. se. kkyo. u. ni. u. n. za. ri. shi. ta.

我受夠我媽的碎碎念了。

やばいです

ya.ba.i.de.su.

糟了 / 超棒

説明

原意是形容事情不妙，但時下年輕人常用來形容超酷、超棒。

會話 1

A：今回はマジでやばいよ！

ko.n.ka.i.wa.ma.ji.de.ya.ba.i.yo.

這次真的大事不妙了！

B：何がやばいんだ？

na.ni.ga.ya.ba.i.n.da.

什麼事情不妙了？

會話 2

A：この曲、やばくない？

ko.no.kyo.ku./ya.ba.ku.na.i.

這首曲子很棒吧？

B：良い曲だと思うよ。

i.i.kyo.ku.da.to.o.mo.u.yo.

我覺得是首好歌。

可哀想です
かわいそう
ka.wa.i.so.u.de.su.
真可憐

説明

表示令人同情、憐憫。

會話 1

A：直木くんは彼女に振られたんだって。
なおき　　　かのじょ　ふ

na.o.ki.ku.n.wa.ka.no.jo.ni.fu.ra.re.ta.n.da.tte.

聽説直木被女朋友甩了。

B：可哀想に。
かわいそう

ka.wa.i.so.u.ni.

真可憐。

會話 2

A：あの子猫はかわいそうだから、飼っても
　　こねこ　　　　　　　　　　　　　　か

いい？

a.no.ko.ne.ko.wa.ka.wa.i.so.u.da.ka.ra./ka.tte.
mo.i.i.

那隻小貓好可憐，可以養它嗎？

B：駄目。
だめ

da.me.

不行。

まあ、いいか
ma.a./i.i.ka.
算了

説明

表示不想管了，隨便事情自由發展。

會話 1

A：河井さんはすごく怒ってるみたい。
ka.wa.i.sa.n.wa.su.go.ku.o.ko.tte.ru.mi.ta.i.

河井小姐好像很生氣。

B：仕方ないね。まあ、いいか。
shi.ka.ta.na.i.ne./ma.a./i.i.ka.

真是沒辦法，算了。

會話 2

A：明日、友達と一緒に遊びに行ってもいい？
a.shi.ta./to.mo.da.chi.to.i.ssho.ni.a.so.bi.ni.i.tte.mo.i.i.

我明天可以跟朋友一起去玩嗎？

B：まあ、いいか。好きにして。
ma.a./i.i.ka./su.ki.ni.shi.te.

算了，隨便你吧。

高い<ruby>高<rt>たか</rt></ruby>いです

ta.ka.i.de.su.

很貴 / 很高

説明

　　形容身高很高、建築物很高、價格很高都可以用這一句話來表示。

會話

A：　あの<ruby>店<rt>みせ</rt></ruby>のコーヒーは<ruby>高<rt>たか</rt></ruby>いけど、<ruby>美味<rt>お い</rt></ruby>しいんだ。

a. no. mi. se. no. ko. o. hi. i. wa. ta. ka. i. ke. do/o. i. shi. i. n. da.

那家店的咖啡雖然很貴，但很好喝。

B：<ruby>本当<rt>ほんとう</rt></ruby>？<ruby>今度<rt>こ ん ど</rt></ruby><ruby>買<rt>か</rt></ruby>っちゃおうかな。

ho. n. to. u. /ko. n. do. ka. ccha. o. u. ka. na.

真的嗎？下次買買看好了。

例句

<ruby>背<rt>せ</rt></ruby>の<ruby>高<rt>たか</rt></ruby>い<ruby>男子<rt>だ ん し</rt></ruby>はモテるって<ruby>聞<rt>き</rt></ruby>いたんですけど、<ruby>本当<rt>ほんとう</rt></ruby>ですか？

se. no. ta. ka. i. da. n. shi. wa. mo. te. ru. tte. ki. i. ta. n. de. su. ke. do. / ho. n. to. u. de. su. ka.

聽說個子高的男生會很受歡迎，是真的嗎？

折角
せっかく

se.kka.ku.

難得 / 好不容易

説明

　　雖然很難得，但因為某些苦衷不得不辜負對方美意。

會話1

A: 折角ですが、お酒は駄目なんです。
せっかく　　　　　　お酒　だめ

se. kka. ku. de. su. ga. /o. sa. ke. wa. da. me. na. n. de. su.

辜負您的好意，我不能喝酒。

B: そうなんですか。残念です。
ざんねん

so. u. na. n. de. su. ka. /za. n. ne. n. de. su.

這樣啊，真可惜。

會話2

A: 折角のチャンスを逃しちゃった。悔し
せっかく　　　　　　のが　　　　　くや
い！

se. kka. ku. no. cha. n. su. o. no. ga. shi. cha. tta. /ku. ya.
shi. i.

我讓難得的機會溜走了，真不甘心！

B: 今度頑張ればいい。
こんどがんば

ko. n. do. ga. n. ba. re. ba. i. i.

下次再努力吧。

しまった
shi.ma.tta.
糟了

説明

　　突然發現搞砸事情或遇到不如意的事情時，脫口而出的感嘆詞。

會話

A：しまった！鞄の中に財布がない！

shi.ma.tta. /ka.ba.n.no.na.ka.ni.sa.i.fu.ga.na.i.

糟了！書包裡面沒有錢包！

B：探すのを手伝うから、とりあえず落ち着いて。

sa.ga.su.no.o.te.tsu.da.u.ka.ra. /to.ri.a.e.zu.
o.chi.tsu.i.te.

我會幫忙找的，總之先冷靜下來。

例句

しまった！友達との約束を忘れちゃった。

shi.ma.tta. /to.mo.da.chi.to.no.ya.ku.so.ku.o.wa.
su.re.cha.tta.

糟了！我忘了跟朋友的約定了。

びっくりしました
bi.kku.ri.shi.ma.shi.ta.
嚇我一跳

説明

被突如其來發生的事情嚇了一跳。

會話

A：びっくりした！私の部屋に入る前に、

ノックぐらいしてよ。

bi.kku.ri.shi.ta. /wa.ta.shi.no.he.ya.ni.ha.i.ru.
ma.e.ni. /no.kku.gu.ra.i.shi.te.yo.

嚇我一跳！進來我的房間之前，好歹也敲個門嘛。

B：今度気をつけるから、怒らないで。

ko.n.do.ki.o.tsu.ke.ru.ka.ra. /o.ko.ra.na.i.de.

下次我會注意的，不要生氣啦。

例句

知らない人にいきなり話しかけられて、び

っくりした。

si.ra.na.i.hi.to.ni.i.ki.na.ri.ha.na.shi.ka.ke.
ra.re.te. /bi.kku.ri.shi.ta.

被不認識的人突然搭話，嚇了一跳。

地味です

じみ

ji.mi.de.su.

樸素

説明

形容東西的風格或者人服裝打扮樸素、低調、不起眼。

會話 1

A：この洋服はどう？

ようふく

ko. no. yo. u. fu. ku. wa. do. u.

這件衣服怎麼樣？

B：ちょっと地味だと思うわ。

じみ　　　　おも

cho. tto. ji. mi. da. to. o. mo. u. wa.

我覺得有點樸素。

會話 2

A：朝倉君は地味で、目立たない。

あさくらくん　じみ　　めだ

a. sa. ku. ra. ku. n. wa. ji. mi. de. /me. da. ta. na. i.

朝倉真是樸素又不起眼。

B：えっ！そうなの？

e. /so. u. na. no.

咦！是這樣嗎？

痛いです

i.ta.i.de.su.

很痛

説明

肉體或心理上覺得難受痛苦。

會話

A： 頭が痛いんです。

a. ta. ma. ga. i. ta. i. n. de. su.

頭很痛。

B： お医者さんに見てもらった方がいいと思

いますよ。

o. i. sha. sa. n. ni. mi. te. mo. ra. tta. ho. u. ga. i. i. to.
o. mo. i. ma. su. yo.

我想你去看病比較好喔。

例句

コンタクトをつけると、目が痛いです。

ko. n. ta. ku. to. o. tsu. ke. ru. to. /me. ga. i. ta. i. de. su.

只要戴上隱形眼鏡，眼睛就會痛。

忘れっぽいです

わす

wa.su.re.ppo.i.de.su.

健忘

説明

「～っぽい」是「有…傾向」的意思，本句是表示常常忘東忘西的意思。

會話 1

A：忘れっぽくて、困ってるんだ。

わす　　　　　こま

wa. su. re. ppo. ku. te. /ko. ma. tte. ru. n. da.

因為健忘感到困擾。

B：メモを取ったら、どう？

と

me. mo. o. to. tta. ra. /do. u.

做筆記如何？

會話 2

A：最近忘れっぽいんです。

さいきんわす

sa. i. ki. n. wa. su. re. ppo. i. n. de. su.

最近很健忘。

B：それは大変ですね。

たいへん

so. re. wa. ta. i. he. n. de. su. ne.

那還真糟糕。

だって
da.tte.
可是

説明

説明理由或是找藉口，語氣上比較不正式，如果對方是長輩則不適用。

會話 1

A：どうして 諦めたんだ？
do.u.shi.te.a.ki.ra.me.ta.n.da.

為什麼放棄了？

B：だって、疲れたもん。
da.tte./tsu.ka.re.ta.mo.n.

因為人家累了嘛。

會話 2

A：どうして野良犬を拾って帰ったの？
do.u.shi.te.no.ra.i.nu.o.hi.ro.tte.ka.e.tta.no.

為什麼把流浪狗撿回家了？

B：だって可愛いもん。
da.tte.ka.wa.i.i.mo.n.

因為很可愛嘛。

何だって？

na.n.da.tte.

你説什麼？

説明

對對方説的話感到非常驚訝，想再次確認有沒有聽錯，帶有質疑或不耐煩的語氣。

會話1

A：な、なんだって！
na. /na. n. da. tte.

什、你説什麼！

B：だから、理子さんは結婚したんだ。
da. ka. ra. /ma. sa. ko. sa. n. wa. ke. kko. n. shi. ta. n. da.

我是説，理子她已經結婚了。

會話2

A：なんだって？お金を貸せ？
na. n. da. tte. /o. ka. ne. o. ka. se.

你説什麼？叫我借你錢？

B：そう、お金を貸して。
so. u. /o. ka. ne. o. ka. shi. te.

沒錯，借錢給我。

体調が悪いです

ta.i.cho.u.ga.wa.ru.i.de.su.

身體不舒服

説明

説明身體狀況不好。

會話

A：昨日飲み過ぎて、体調が悪いです。

ki.no.u.no.mi.su.gi.te./ta.i.cho.u.ga.wa.ru.i.de.su.

因為昨天喝太多，身體不舒服。

B：ゆっくり休んだら、どうですか？

yu.kku.ri.ya.su.n.da.ra./do.u.de.su.ka.

好好休息如何？

例句

体調が悪いので、今日は休みます。

ta.i.cho.u.ga.wa.ru.i.no.de./kyo.u.wa.ya.su.mi.ma.su.

因為身體不舒服，今天請假。

大変です
ta.i.he.n.de.su.
辛苦 / 不得了

説明

除了表示很辛苦、很不得了之外，當副詞用的時候還有「很…」的意思。

會話

A：毎日お弁当作るのって大変じゃないんですか。

ma. i. ni. chi. o. be. n. to. u. tsu. ku. ru. no. tte. ta. i. he.
n. ja. na. i. n. de. su. ka.

每天做便當，不是很辛苦嗎？

B：趣味はお弁当作りだから、大変じゃないんですよ。

shu. mi. wa. o. be. n. to. u. zu. ku. ri. da. ka. ra. /ta. i. he.
n. ja. na. i. n. de. su. yo.

因為我的興趣是做便當，所以完全不會覺得辛苦喔。

例句

それは大変ですね。
so. re. wa. ta. i. he. n. de. su. ne.

那可真不得了。

機嫌が悪いです
きげん わる

ki.ge.n.ga.wa.ru.i.de.su.

心情不好

説明

「機嫌」是指心情，「機嫌がいい」是心情好
きげん きげん
的意思。

會話1

A：何故彼女の機嫌が悪いのか分からない。
なぜかのじょ きげん わる わ

na.ze.ka.no.jo.no.ki.ge.n.ga.wa.ru.i.no.ka.wa.
ka.ra.na.i.

我不懂為什麼女朋友的心情不好。

B：怒らせるような事でもしたの。
おこ こと

o.ko.ra.se.ru.yo.u.na.ko.to.de.mo.shi.ta.no.

你做了什麼讓她生氣的事情嗎？

會話2

A：今日は機嫌が悪そうね。
きょう きげん わる

kyo.u.wa.ki.ge.n.ga.wa.ru.so.u.ne.

你今天心情好像很不好。

B：別に機嫌は悪くないんだけど。
べつ きげん わる

be.tsu.ni.ki.ge.n.wa.wa.ru.ku.na.i.n.da.ke.do.

心情沒有特別不好啊。

風邪気味です
ka.ze.gi.mi.de.su.
有點感冒

説明

「風邪」是「感冒」的意思，「気味」是「有點…的樣子」的意思。

會話 1

A：明日から試験なのに、風邪気味です。
a.shi.ta.ka.ra.shi.ke.n.na.no.ni./ka.ze.gi.mi.
de.su.

明明明天就要開始考試了，我卻有點感冒了。

B：風邪に負けないように頑張って下さい。
ka.ze.ni.ma.ke.na.i.yo.u.ni.ga.n.ba.tte.ku.da.
sa.i.

請不要輸給感冒好好加油。

會話 2

A：どうやら風邪気味です。
do.u.ya.ra.ka.ze.gi.mi.de.su.

我好像有點感冒了。

B：お大事に。
o.da.i.ji.ni.

請保重。

気味が悪いです
きみ　わる

ki.mi.ga.wa.ru.i.de.su.

令人不舒服

說明

　　本句是指受到外在人事物的影響，心裡感到不舒服、恐懼。

會話

A：何だか気味が悪いです。
なん　　　きみ　わる

na.n.da.ka. ki.mi.ga. wa.ru. i. de.su.

總覺得有點令人不舒服。

B：早くこの部屋を出ましょう。
はや　　　　へや　で

ha. ya. ku. ko. no. he. ya. o. de. ma. sho. u.

我們趕快離開這個房間吧。

例句

この辺りは暗くて、ちょっと気味が悪いで
　　あた　　くら　　　　　　　　　きみ　わる
す。

ko. no. a. ta. ri. wa. ku. ra. ku. te. /cho. tto. ki. mi. ga. wa.
ru. i. de. su.

這附近很昏暗，有點叫人害怕。

顔色が悪いです
かおいろ　わる

ka.o.i.ro.ga.wa.ru.i.de.su.

臉色不好

説明

看到對方臉色精神不好時的問候句。

會話 1

A：顔色が悪いけど、大丈夫？
かおいろ　わる　　　　だいじょうぶ

ka.o.i.ro.ga.wa.ru.i.ke.do. /da.i.jo.u.bu.

你的臉色看起來不太好，沒事吧？

B：大丈夫よ。
だいじょうぶ

da.i.jo.u.bu.yo

我沒事。

會話 2

A：顔色が悪いけど、どうしたの？
かおいろ　わる

ka.o.i.ro.ga.wa.ru.i.ke.do. /do.u.shi.ta.no.

你的臉色看起來不太好，怎麼了？

B：嫌な事があったんだ。
いや　こと

i.ya.na.ko.to.ga.a.tta.n.da.

有討厭的事情發生了。

下手です

he.ta.de.su.

不擅長 / 不拿手。

説明

技能不熟練或不擅長，常在自我謙虛的時候使用。

會話

A：絵を描くのは好きですけど、下手なんですよ。

e. o. ka. ku. no. wa. su. ki. de. su. ke. do. /he. ta. na. n. de. su. yo.

我雖然喜歡畫圖，但畫得不好。

B：実は 私 もそうなんです。

ji. tsu. wa. wa. ta. shi. mo. so. u. na. n. de. su.

其實我也是。

例句

下手でも頑張ればいいじゃないか？

he. ta. de. mo. ga. n. ba. re. ba. i. i. ja. na. i. ka.

就算不擅長只要努力就好了不是嗎？

滅茶苦茶
めちゃくちゃ
me.cha.ku.cha.
超級…

説明

年輕人常用口語，正式説法是「とても」。另外，本句還有「亂七八糟」的意思。

會話

A：これ、めちゃくちゃ美味しいの、食べてみて。

ko.re./me.cha.ku.cha.o.i.shi.i.no/ta.be.te.mi.te.

這個超級好吃的，吃吃看吧。

B：本当だ！何処で買ったの？教えて。

ho.n.to.u.da./do.ko.de.ka.tta.no./o.shi.e.te.

真的耶，告訴我這是在哪裡買的？

例句

お前の部屋は本当にめちゃくちゃだ。

o.ma.e.no.he.ya.wa.ho.n.to.u.ni.me.cha.ku.cha.da.

你的房間真的亂七八糟的。

残念です
ざんねん

za.n.ne.n.de.su.

很可惜

説明

感到可惜、遺憾的時候，就可以用這句話來表現。

會話

A：今週は用事があるので、行けそうにないんです。
こんしゅう ようじ　　　　　　い

ko. n. shu. u. wa. yo. u. ji. ga. a. ru. no. de. /i. ke. so. u. ni. na. i. n. de. su.

這個禮拜有事，所以可能沒辦法去。

B：そうですか、本当に残念です。
ほんとう ざんねん

so. u. de. su. ka. /ho. n. to. u. ni. za. n. ne. n. de. su.

這樣啊，真的很可惜。

例句

試合が雨で中止になって、本当に残念でした。
しあい あめ ちゅうし　　　　ほんとう ざんねん

shi. a. i. ga. a. me. de. chu. u. shi. ni. na. tte. /ho. n. to. u. ni. za. n. ne. n. de. shi. ta.

比賽因為下雨中止，真的很可惜。

がっかりしました
ga.kka.ri.shi.ma.shi.ta.
很失望

説明

口語中常常簡短地只說「がっかり」，表示感到相當失望。

會話

A：昨日のバスケット試合を見て、がっかりしました。
ki.no.u.no.ba.su.ke.tto.ji.a.i.o.mi.te./ga.kka.ri.shi.ma.shi.ta.

看了昨天的籃球比賽之後，覺得好失望。

B：好きなチームが負けたからですか？
su.ki.na.chi.i.mu.ga.ma.ke.ta.ka.ra.de.su.ka.

因為喜歡的隊伍輸了嗎？

例句

ずっと楽しみにしてたのに、本当にがっかり。
zu.tto.ta.no.shi.mi.ni.shi.te.ta.no.ni./ho.n.to.u.ni.ga.kka.ri.

明明一直很期待的，真的很失望。

お腹が減りました

o.na.ka.ga.he.ri.ma.shi.ta.

肚子餓了

説明

表示肚子餓也可以説「お腹が空きました」。

會話 1

A：お腹が減ったな。中華でも食べに行かない？

o. na. ka. ga. he. tta. na. /chu. u. ka. de. mo. ta. be. ni. i. ka. na. i.

肚子餓了。要不要一起去吃中華料理之類的？

B：いいよ、行こう。

i. i. yo. /i. ko. u.

好啊，走吧。

會話 2

A：お腹が空いた。夕食は何を作ろうか。

o. na. ka. ga. su. i. ta. /yu. u. sho. ku. wa. na. ni. o. tsu. ku. ro. u. ka.

肚子餓了。晚餐要煮什麼好呢？

B：今日は寒いので、お鍋を作ったら、どう？

kyo. u. wa. sa. mu. i. no. de. /o. na. be. o. tsu. ku. tta. ra. /do. u.

因為今天很冷，煮火鍋怎麼樣？

やれやれ

ya.re.ya.re.

唉呀

説明

形容因為失敗、疲累、困擾而搖頭嘆氣的樣子。

會話

A：また高志君と喧嘩したんだ。

ma.ta.ta.ka.shi.ku.n.to.ke.n.ka.shi.ta.n.da.

我又跟高志吵架了。

B：やれやれ。早く仲直りしたほうがいいよ。

ya.re.ya.re./ha.ya.ku.na.ka.na.o.ri.shi.ta.ho.u.ga.i.i.yo.

唉呀。趕快和好比較好喔。

例句

やれやれ、また面倒な事に巻き込まれた。

ya.re.ya.re./ma.ta.me.n.do.u.na.ko.to.ni.ma.ki.ko.ma.re.ta.

唉呀，又被捲進麻煩的事情裡了。

～で 頭 _{あたま}がいっぱいです

de.a.ta.ma.ga.i.ppa.i.de.su.

滿腦子都在想…

説明

　　意指某事佔據心頭，揮之不去，沒有剩餘心力去思考其他事情。

會話

A：あいつの事_{こと}で 頭_{あたま}がいっぱいだ。勉強_{べんきょう}に 集中_{しゅうちゅう}できない。

a. i. tsu. no. ko. to. de. a. ta. ma. ga. i. ppa. i. da. /
be. n. kyo. u. ni. shu. u. chu. u. de. ki. na. i.

我滿腦子都在想那家伙，沒辦法專心唸書。

B：気晴_{きば}らしに散歩_{さんぽ}でもどう？

ki. ba. ra. shi. ni. sa. n. po. de. mo. do. u.

去散個步散散心如何？

例句

仕事_{しごと}の事_{こと}で 頭_{あたま}がいっぱいです。

shi. go. to. no. ko. to. de. a. ta. ma. ga. i. ppa. i. de. su.

我滿腦子都在想工作的事情。

面倒くさいです
め ん ど う
me.n.do.u.ku.sa.i.de.su.
好麻煩

説明

形容某個人或某件事對自己來說難以應付。

會話

A：仕事が面倒くさい。
しごと　　めんどう

shi. go. to. ga. me. n. do. u. ku. sa. i.

工作真麻煩。

B：文句を言わないで、早く仕事しよう！
もんく　　い　　　　　　　　はや　しごと

mo. n. ku. o. i. wa. na. i. de. /ha. ya. ku. shi. go. to. shi.

yo. u.

別抱怨了，趕快工作吧！

例句

荷物を持って帰るのは面倒だから、ここに
にもつ　も　　かえ　　　　　めんどう

置いてもいいかな。
お

ni. mo. tsu. o. mo. tte. ka. e. ru. no. wa. me. n. do. u. da.

ka. ra. /ko. ko. ni. o. i. te. mo. i. i. ka. na.

要把行李帶回去很麻煩，可以放在這裡嗎？

煩いです

うるさ

u.ru.sa.i.de.su.

很煩 / 很吵

說明

抱怨身邊有事情讓自己感到不耐煩或者很吵。

會話

A：テレビの音が煩くて、眠れないんです
おと　うるさ　　　　　ねむ
けど。

te.re.bi.no.o.to.ga.u.ru.sa.ku.te/ne.mu.re.na.
i.n.de.su.ke.do.

因為電視的聲音太吵，睡不著…。

B：あ、本当にすみません、以後気をつけま
ほんとう　　　　　　　　いごき
す。

a./ho.n.to.u.ni.su.mi.ma.se.n./i.go.ki.o.tsu.
ke.ma.su.

啊，不好意思，我以後會注意。

例句

煩い！仕事中だから、邪魔しないでよ。
うるさ　しごとちゅう　　　　じゃま
u.ru.sa.i./shi.go.to.chu.u.da.ka.ra./ja.ma.shi.
na.i.de.yo.

煩死了！我在工作中，請不要打擾我。

つまらないです

tsu.ma.ra.na.i.de.su.

很無聊

説明

形容人事物無趣、沒有意思。

會話 1

A：つまらない仕事はもう嫌だ。

tsu. ma. ra. na. i. shi. go. to. wa. mo. u. i. ya. da.

我已經受夠無聊的工作了。

B：新しい仕事を探してみたら、どう？

a. ta. ra. shi. i. shi. go. to. o. sa. ga. shi. te. mi. ta. ra. /
do. u.

找找看新工作，怎麼樣？

會話 2

A：あの映画はどう？

a. no. e. i. ga. wa. do. u.

那個電影怎麼樣？

B：つまらないから、見ないほうがいいと思
う。

tsu. ma. ra. na. i. ka. ra. /mi. na. i. ho. u. ga. i. i. to. o. mo.
u.

我覺得很無聊，建議你不要看比較好。

眠いです
ねむ

ne.mu.i.de.su.

很睏

説明

身體疲倦感到睡意。

會話1

A：昨日夜更かししたから、凄く眠い。
きのう よふ すご ねむ

ki.no.u.yo.fu.ka.shi.shi.ta.ka.ra./su.go.ku.ne.mu.i.

昨天熬夜了，所以很睏。

B：やはり夜更かししないほうがいいと思う
よふ
よ。

ya.ha.ri.yo.fu.ka.shi.shi.na.i.ho.u.ga.i.i.to.
o.mo.u.yo.

我想還是不要熬夜比較好喔。

會話2

A：いくら寝ても眠いです。
ね ねむ

i.ku.ra.ne.te.mo.ne.mu.i.de.su.

不管怎麼睡都還是很睏。

B：きっと昨日の仕事で疲れたんでしょう。
きのう しごと つか

ki.tto.ki.no.u.no.shi.go.to.de.tsu.ka.re.ta.n.de.
sho.u.

一定是因為昨天的工作太累了吧。

ショックです

sho.kku.de.su.

很驚訝

説明

源自英文的「shock」，表示某件事情讓人感到萬分驚訝。

會話 1

A: 行きつけのあの店が潰れたんだ。

i.ki.tsu.ke.no.a.no.mi.se.ga.tsu.bu.re.ta.n.da.

我常去的那間店倒了。

B: 本当？ショック！

ho.n.to.u./sho.kku.

真的嗎？我好驚訝！

會話 2

A: それを聞いて、ショックを受けました。

so.re.o.ki.i.te./sho.kku.o.u.ke.ma.shi.ta.

聽説那個消息之後，受到震撼。

B: 私もショックです。

wa.ta.shi.mo.sho.kku.de.su.

我也很震驚。

最低です
さいてい

sa.i.te.i.de.su.

真差勁

説明

「最低」也有「最低的」意思，但常用來形容無比差勁。

會話 1

A：勝手に人の日記を読むなんて最低！
ka.tte.ni.hi.to.no.ni.kki.o.yo.mu.na.n.te.sa.i.te.i.

隨便看別人的日記真差勁！

B：いいじゃん、減るもんじゃないんだから。
i.i.ja.n./he.ru.mo.n.ja.na.i.n.da.ka.ra.

又沒什麼關係，反正也不會少一塊肉。

會話 2

A：あの噂知ってる？
a.no.u.wa.sa.shi.tte.ru.

你聽過那個傳聞嗎？

B：知ってる。あの人は本当に最低だな。
shi.tte.ru./a.no.hi.to.wa.ho.n.to.u.ni.sa.i.te.i.da.na.

我知道，那個人真的很差勁。

危ないです
あぶ
a.bu.na.i.de.su.
危險

説明

可以用來形容人事物很危險，「危なかった」
則是「好險」的意思。

會話 1

A：あいつは危ないから、気をつけたほうが
いい。

a.i.tsu.wa.a.bu.na.i.ka.ra./ki.o.tsu.ke.ta.
ho.u.ga.i.i.

那傢伙很危險，小心一點比較好。

B：はい、分かった。

ha.i./wa.ka.tta.

好，我知道了。

會話 2

A：夜道は危ないから、駅まで送るよ。

yo.mi.chi.wa.a.bu.na.i.ka.ra./e.ki.ma.de.o.ku.
ru.yo.

走夜路很危險，我送你到車站吧。

B：ありがとう。

a.ri.ga.to.u.

謝謝。

心配です
しんぱい

shi.n.pa.i.de.su.

很擔心

説明

為別人的事情擔心而感到不安。

會話

A：試験が心配。
しけん　しんぱい

shi.ke.n.ga.shi.n.pa.i.

我很擔心考試。

B：心配しないで、きっと大丈夫よ。
しんぱい　　　　　　　　だいじょうぶ

shi.n.pa.i.shi.na.i.de./ki.tto.da.i.jo.u.bu.yo.

不要擔心，一定沒有問題的。

例句

福山さんの事が心配で、夜も眠れません。
ふくやま　　　こと　しんぱい　　　よる　ねむ

fu.ku.ya.ma.sa.n.no.ko.to.ga.shi.n.pa.i.de./yo.ru.
mo.ne.mu.re.ma.se.n.

我擔心福山先生擔心到連晚上都睡不著。

馬鹿にされました
ba.ka.ni.sa.re.ma.shi.ta.
被耍了

說明

「馬鹿」是笨蛋的意思，意思就是指被別人當笨蛋耍了。

會話 1

A：馬鹿にされたのは悔しいです。

ba.ka.ni.sa.re.ta.no.wa.ku.ya.shi.i.de.su.

被耍了讓我很不甘心。

B：凹まないで、元気を出してください。

he.ko.ma.na.i.de./ge.n.ki.o.da.shi.te.ku.da.sa.i.

請不要沮喪，打起精神。

會話 2

A：馬鹿にされるのは嫌です。

ba.ka.ni.sa.re.ru.no.wa.i.ya.de.su.

我討厭被別人當笨蛋。

B：僕もです。

bo.ku.mo.de.su.

我也是。

ケチ

ke.chi.

小氣

説明

用法跟中文類似，用來形容人的個性小氣。

會話 1

A：賈ってあげたいんだけど、流石にこの
値段はちょっと…。

ka. tte. a. ge. ta. i. n. da. ke. do. /sa. su. ga. ni. ko. no.
ne. da. n. wa. cho. tto.

我雖然想買給你，但價錢實在有點貴。

B：ケチ！

ke. chi.

小氣！

會話 2

A：彼女がケチすぎて、ちょっと困ります。

ka. no. jo. ga. ke. chi. su. gi. te. /cho. tto. ko. ma. ri. ma.
su.

女朋友太小氣，讓我有點為難。

B：それは大変ですね。

so. re. wa. ta. i. he. n. de. su. ne.

那還真是辛苦呢。

酷い目に遭いました

hi.do.i.me.ni.a.i.ma.shi.ta.

遇到不好的事情

【説明】

　　遇到討厭的、不順心的事情，都可以使用本句表示心情。

【會話】

A：学校で酷い目に遭いました。
ga.kko.u.de.hi.do.i.me.ni.a.i.ma.shi.ta.

我在學校遇到不好的事情。

B：どうしたんですか？
do.u.shi.ta.n.de.su.ka.

怎麼了嗎？

【例句】

昨日酷い目に遭ったんだ。全くついていない。

ki.no.u.hi.do.i.me.ni.a.tta.n.da. /ma.tta.ku.tsu.i.te.i.na.i.

昨天遇到不好的事情，真是不走運。

好きにすれば
su.ki.ni.su.re.ba.

隨便你啦

説明

　　本句為女性用語，男性則常用「勝手にしろ」，帶有不耐煩的語氣。

會話 1

A：スマートフォンってどれを買えばいいの？
su. ma. a. to. fo. n. tte. do. re. o. ka. e. ba. i. i. no.

智慧型手機要買哪個才好呢？

B：好きにすれば。
su. ki. ni. su. re. ba.

隨便你啦。

會話 2

A：全く、信じないなら、勝手にしろ！
ma. tta. ku. /shi. n. ji. na. i. na. ra. /ka. tte. ni. shi. ro.

真是的，你不相信就隨便你啦！

B：落ち着いて、怒らないでよ。
o. chi. tsu. i. te. /o. ko. ra. na. i. de. yo.

冷靜下來，不要生氣啦。

Chapter.04

讃美

5 Minute Japanese Conversation Practice

似合っています

ni.a.tte.i.ma.su.

很適合

説明

　　看到對方髮型、搭配不錯，很適合對方的時候
就可以用這句話。

會話

A：新しい髪型、とても似合っていますよ。
a. ta. ra. shi. i. ka. mi. ga. ta. /to. te. mo. ni. a. tte. i. ma.
su. yo.

新髮型很適合你喔。

B：本当ですか？嬉しいです。
ho. n. to. u. de. su. ka. /u. re. shi. i. de. su.

真的嗎？好開心喔。

例句

似合ってるかどう分からない。
ni. a. tte. ru. ka. do. u. ka. wa. ka. ra. na. i.

不曉得適不適合。

一天五分鐘搞定
日語會話

130

美味しいです
o.i.shi.i.de.su.
好吃

説明

本句一般來說是女性用語，男性較常用「うまい」表示好吃。

會話

A：これ、おいしい！
ko.re./o.i.shi.i.
這個好吃！

B：本当だ、うまい！
ho.n.to.u.da./u.ma.i.
真的好吃！

例句

是非、美味しいカレーの作り方を教えてください。
ze.hi/o.i.shi.i.ka.re.e.no.tsu.ku.ri.ka.ta.
o.o.shi.e.te.ku.da.sa.i.
請務必告訴我美味咖哩的作法。

綺<ruby>麗<rt>きれい</rt></ruby>です
ki.re.i.de.su.
很漂亮

説明

「綺<ruby>麗<rt>きれい</rt></ruby>」除了「漂亮」之外，還有表示「乾淨」的意思。

會話

A：<ruby>髪<rt>かみ</rt></ruby><ruby>綺麗<rt>きれい</rt></ruby>ですね。
ka.mi.ki.re.i.de.su.ne.

妳的頭髮很漂亮呢。

B：いえいえ、そんなことありませんよ。
i.e.i.e./so.n.na.ko.to.a.ri.ma.se.n.yo.

哪裡哪裡，沒有這回事。

例句

ここから<ruby>見<rt>み</rt></ruby>る<ruby>夜景<rt>やけい</rt></ruby>はとても<ruby>綺麗<rt>きれい</rt></ruby>です。
ko.ko.ka.ra.mi.ru.ya.ke.i.wa.to.te.mo.ki.re.i.de.
su.

從這裡看出去的夜景非常漂亮。

センスがいいです

se.n.su.ga.i.i.de.su.

有品味

説明

「センス」源自英文的「sense」，稱讚對方有品味、懂得欣賞。

會話 1

A：さすが瀬名、服のセンスがいいね。

sa. su. ga. se. na. /fu. ku. no. se. n. su. ga. i. i. ne.

不愧是瀬名，穿衣服很有品味。

B：ありがとう。

a. ri. ga. to. u.

謝謝。

會話 2

A：センスのいい人って憧れますよね。

se. n. su. no. i. i. hi. to. tte. a. ko. ga. re. ma. su. yo. ne.

有品味的人很令人憧憬呢。

B：そうですね。

so. u. de. su. ne.

對啊。

おしゃれです
o.sha.re.de.su.
時尚

説明

　讚美人的髮型、化妝、服裝打扮等特徵非常新潮流行。

會話1

A：あの人はおしゃれだね。
a. no. hi. to. wa. o. sha. re. da. ne.

那個人打扮很時尚耶。

B：ちょっと派手すぎない？
cho. tto. ha. te. su. gi. na. i.

有點太花俏了吧？

會話2

A：髪型がおしゃれですね。
ka. mi. ga. ta. ga. o. sha. re. de. su. ne.

你的髮型很時尚耶。

B：あら、ありがとう。
a. ra. /a. ri. ga. to. u.

唉呀，謝謝你。

面白いです

o.mo.shi.ro.i.de.su.

有趣

説明

形容人事物一點都不枯燥，非常有意思。

會話

A：この映画は面白い？

ko. no. e. i. ga. wa. o. mo. shi. ro. i.

這部電影有趣嗎？

B：全然面白くない。

ze. n. ze. n. o. mo. shi. ro. ku. na. i.

一點都不有趣。

例句

あの人の書いた 小 説 は面白い。

a. no. hi. to. no. ka. i. ta. sho. u. se. tsu. wa. o. mo. shi. ro. i.

那個人寫的小説很有趣。

上手です
じょうず

jo.u.zu.de.su.

擅長 / 拿手

説明

讚美對方對某件事情很拿手、很擅長。

會話

A：お料理上手ですね。
りょうりじょうず

o. ryo. u. ri. jo. u. zu. de. su. ne.

你很會做菜呢。

B：いいえ、まだまだです。

i. i. e. /ma. da. ma. da. de. su.

哪裡，還差得遠。

例句

話上手って言われると、嬉しいです。
はなしじょうず　　　い　　　　　　　　　うれ

ha. na. shi. jo. u. zu. tte. i. wa. re. ru. to. /u. re. shi.
i. de. su.

如果被人家說口才好，就會覺得高興。

大好きです
だいすき

da.i.su.ki.de.su.

最喜歡…

説明

形容最喜歡某人事物，相對地，「最討厭」就
是「大嫌い」。
だいきら

會話 1

A：焼肉を食べに行かない？
やきにく た い

ya.ki.ni.ku.o.ta.be.ni.i.ka.na.i.

要不要去吃烤肉啊？

B：行く！焼肉が大好きだから。
い やきにく だいず

i.ku./ya.ki.ni.ku.ga.da.i.su.ki.da.ka.ra.

我要去！因為我最喜歡烤肉了。

會話 2

A：お前の事なんか、大嫌い！
まえ こと だいきら

o.ma.e.no.ko.to.na.n.ka./da.i.ki.ra.i.

我最討厭你了啦！

B：ええ？そんな！

e.e./so.n.na.

咦？怎麼會這樣！

優^{やさ}しいです

ya.sa.shi.i.de.su.

溫柔

説明

形容人的性格或行為溫柔、貼心。

會話

A：下田^{しもだ}さんは優^{やさ}しくて、明^{あか}るい人^{ひと}だね。

shi.mo.da.sa.n.wa.ya.sa.shi.ku.te./a.ka.ru.i.hi.

to.da.ne.

下田為人體貼又開朗。

B：でも、お人好^{ひとよ}しすぎです。

de.mo./o.hi.to.yo.shi.su.gi.de.su.

但是，人好得太過頭了。

例句

会社^{かいしゃ}の上司^{じょうし}や先輩^{せんぱい}は優^{やさ}しい人^{ひと}たちばかりで

す。

ka.i.sha.no.jo.u.shi.ya.se.n.pa.i.wa.ya.sa.shi.

i.hi.to.ta.chi.ba.ka.ri.de.su.

公司裡的上級跟前輩都是溫柔和藹的人。

凄いです

すご

su.go.i.de.su.

很厲害

說明

當形容詞時可以表示「非常了不起」，當副詞時則是「很…」的意思。

會話 1

A：あの漫画家の絵うまいね。

a. no. ma. n. ga. ka. no. e. u. ma. i. ne.

那個漫畫家的畫畫得真好。

B：本当だ、凄い。

ho. n. to. u. da. /su. go. i.

真的耶，好厲害。

會話 2

A：このパンは凄く美味しいの。

ko. no. pa. n. wa. su. go. ku. o. i. shi. i. no.

這個麵包很好吃呢。

B：本当？私も食べてみようか。

ho. n. to. u. /wa. ta. shi. mo. ta. be. te. mi. yo. u. ka.

真的嗎？我也吃看看好了。

人気があります
にんき

ni.n.ki.ga.a.ri.ma.su.

很受歡迎

説明

大家應該對「人気」這個字不陌生，就是很紅、很受歡迎的意思。

會話

A：あの映画は何故人気があるんですか？
えいが　　なぜにんき

a. no. e. i. ga. wa. na. ze. ni. n. ki. ga. a. ru. n. de. su. ka.

那部電影為什麼這麼受歡迎呢？

B：映画の主役があの人気俳優だからでしょう。
えいが　　しゅやく　　　　にんきはいゆう

e. i. ga. no. shu. ya. ku. ga. a. no. ni. n. ki. ha. i. yu. u. da. ka. ra. de. sho. u.

應該是因為電影主角是那個當紅演員演的吧。

例句

あの歌手は若者に人気があります。
かしゅ　わかもの　にんき

a. no. ka. shu. wa. wa. ka. mo. no. ni. ni. n. ki. ga. a. ri. ma. su.

那個歌手很受年輕人歡迎。

美味しそうです

お い

o.i.shi.so.u.de.su.

看起來很好吃

説明

　　本句用來形容東西看起來似乎很好吃；吃過之後覺得好吃才會説「美味しい」。

會話 1

A：ラーメン美味しそうです。

ra.a.me.n.o.i.shi.so.u.de.su.

拉麵看起來好好吃。

B：冷めないうちに、どうぞ。

sa.me.na.i.u.chi.ni./do.u.zo.

在還沒涼掉前請用。

會話 2

A：たこ焼き、美味しそう。

ta.ko.ya.ki./o.i.shi.so.u.

章魚燒看起來好好吃。

B：買ってあげようか。

ka.tte.a.ge.yo.u.ka.

我買給你吧。

出来ました
de.ki.ma.shi.ta
做好了

説明

　有達成或作好某件事情的意思。

會話 1

A：朝ご飯が出来たよ。

a. sa. go. ha. n. ga. de. ki. ta. yo.

早飯做好了喔。

B：はい！

ha. i.

好！

會話 2

A：初めて彼女が出来た！

ha. ji. me. te. ka. no. jo. ga. de. ki. ta.

我第一次交到女朋友了！

B：おめでとう。

o. me. de. to. u.

恭喜。

良かったです
yo.ka.tta.de.su.

太好了

説明

　對方遇到好事，自己也為對方感到非常高興。

會話 1

A：花野さんと友達になりました。

ha. na. no. sa. n. to. to. mo. da. chi. ni. na. ri. ma. shi. ta.

我跟花野成為朋友了。

B：それは良かったです。

so. re. wa. yo. ka. tta. de. su

那真是太好了。

會話 2

A：バイトの面接に合格しました。

ba. i. to. no. me. n. se. tsu. ni. go. u. ka. ku. shi. ma. shi.
ta.

我通過打工面試了。

B：本当に良かったですね。

ho. n. to. u. ni. yo. ka. tta. de. su. ne.

真是太好了。

素晴らしいです
su.ba.ra.shi.i.de.su.
優秀

説明

形容人事物非常優秀出眾。

會話

A：亜沙子さんは素晴らしい女性だね。

a. sa. ko. sa. n. wa. su. ba. ra. shi. i. jo. se. i. da. ne.

亞沙子是個優秀的女人呢。

B： 頭がいいし、気立てもいいし、正直
羨ましいわ。

a. ta. ma. ga. i. i. shi. /ki. da. te. mo. i. i. shi. /sho. u. ji.
ki. u. ra. ya. ma. shi. i. wa.

她又聰明，氣質又好，說真的很羨慕。

例句

ここの景色は素晴らしい。

ko. ko. no. ke. shi. ki. wa. su. ba. ra. shi. i.

這裡的景色很棒。

最高です
sa.i.ko.u.de.su.
最棒

説明

用來形容人事物很棒，值得稱讚。

會話 1

A：風呂上がりのビールは最高だ。

fu. ro. a. ga. ri. no. bi. i. ru. wa. sa. i. ko. u. da.

洗完澡來一杯啤酒最棒了。

B：あまり飲み過ぎないでね。

a. ma. ri. no. mi. su. gi. na. i. de. ne.

別喝太多了喔。

會話 2

A：このゲームは最高に面白かった。

ko. no. ge. e. mu. wa. sa. i. ko. u. ni. o. mo. shi. ro. ka. tta.

這個遊戲超有趣。

B：本当？今度買っちゃおうかな。

ho. n. to. u. /ko. n. do. ka. ccha. o. u. ka. na.

真的？下次買來玩好了。

頭 が良いです

あたま　い

a.ta.ma.ga.i.i.de.su.

聰明

説明

　　意指「腦筋很好」，用來稱讚對方思路清楚很聰明。

會話 1

A：鈴木くんは 頭 がいいね。
　すずき　　　　あたま

su. zu. ki. ku. n. wa. a. ta. ma. ga. i. i. ne.

鈴木你真聰明耶。

B：褒めても何もないよ
　ほ　　　なに

ho. me. te. mo. na. ni. mo. na. i. yo.

誇獎我也沒任何好處喔。

會話 2

A：頭 のいい人が 羨 ましいです。
　あたま　　　ひと　うらや

a. ta. ma. no. i. i. hi. to. ga. u. ra. ya. ma. shi. i. de. su.

真羨慕聰明的人。

B：確かに 羨 ましいです。
　たし　　うらや

ta. shi. ka. ni. u. ra. ya. ma. shi. i. de. su.

確實很令人羨慕。

応援しています
o.u.e.n.shi.te.i.ma.su.
支持

説明

表示對某人事物的熱烈支持。

會話 1

A：これからも応援しています。
ko. re. ka. ra. mo. o. u. e. n. shi. te. i. ma. su.

我之後也會支持你。

B：ありがとうございます。
a. ri. ga. to. u. go. za. i. ma. su.

謝謝。

會話 2

A：応援してるから、頑張ってね。
o. u. e. n. shi. te. ru. ka. ra. /ga. n. ba. tte. ne.

我會支持你的,請加油喔。

B：がっかりさせないように頑張る。
ga. kka. ri. sa. se. na. i. yo. u. ni. ga. n. ba. ru.

我會努力不讓你失望的。

流行っています
ha.ya.tte.i.ma.su.
很流行

説明

可以用來形容感冒流行，或者某種風潮相當流行。

會話

A：最近、森ガールファッションが流行っているそうです。

sa.i.ki.n./mo.ri.ga.a.ru.fa.ssho.n.ga.ha.ya.tte.i.ru.so.u.de.su.

據説最近很流行森林系女孩裝扮。

B：ええと、森ガールって何ですか？

e.e.to./mo.ri.ga.a.ru.tte.na.n.de.su.ka.

嗯，森林系女孩是什麼啊？

例句

最近、風邪が流行っているみたいなので、皆さんも気をつけて下さいね。

sa.i.ki.n./ka.ze.ga.ha.ya.tte.i.ru.mi.ta.i.na.no.de./mi.na.sa.n.mo.ki.o.tsu.ke.te.ku.da.sa.i.

最近好像很流行感冒，請大家也要小心喔。

流石

sa.su.ga.

不愧是…

説明

稱讚對方名副其實。

會話 1

A：さすが真斗、歌もダンスもうまいなんて凄い。

sa. su. ga. ma. sa. to. /u. ta. mo. da. n. su. mo. u. ma. i. na. n. te. su. go. i.

不愧是真斗，又會唱歌又會跳舞真厲害。

B：そんなに褒めるなよ。

so. n. na. ni. ho. me. ru. na. yo.

不要這麼誇獎我啦。

會話 2

A：さすが先生。

sa. su. ga. se. n. se. i.

不愧是老師。

B：一応先生ですからね。

i. chi. o. u. se. n. se. i. de. su. ka. ra. ne.

好歹我也算是老師嘛

5 Minute Japanese - Conversation Practice

ONE DAY

5 分鐘
搞定
日語會話

■□■ 超速！日本語会話マスター ■□■

Chapter.05

詢問

5 Minute Japanese Conversation Practice

どうですか？

do.u.de.su.ka.

怎麼樣？

説明

　詢問對方對某件人事物的意見或看法。

會話

A：この服どう？
ko. no. fu. ku. do. u.

這件衣服怎麼樣？

B：似合ってるよ。
ni. a. tte. ru. yo.

很適合你喔。

例句

紅茶、もう一杯どうですか。
ko. u. cha. /mo. u. i. ppa. i. do. u. de. su. ka

再來一杯紅茶如何？

知っていますか？

shi.tte.i.ma.su.ka.

你知道嗎？

説明

有想問的事情的時候，用這句話來詢問對方情報。

會話

A：あの白いシャツを着てる男の子の名前を知っていますか？

a. no. shi. ro. i. sha. tsu. o. ki. te. ru. o. to. ko. no. ko. no. na. ma. e. o. shi. tte. i. ma. su. ka.

你知道那個穿著白襯衫的男孩子的名字嗎？

B：もちろん、知っていますよ。

mo. chi. ro. n. /shi. tte. i. ma. su. yo.

我當然知道。

例句

黒田さんの電話番号を知っていますか？

ku. ro. da. sa. n. no. de. n. wa. ba. n. go. u. o. shi. tte. i. ma. su. ka.

你知道黑田先生的電話號碼嗎？

いくらですか？
i.ku.ra.de.su.ka.
多少錢？

説明

詢問商品價格多少，是在購物時的必用句。

會話

A：すみません、このシュークリームはいくらですか？

su.mi.ma.se.n. /ko.no.shu.u.ku.ri.i.mu.wa.i.ku.ra.de.su.ka

不好意思，這個泡芙多少錢？

B：1個100円で、三個 2 5 0 円ですよ。

i.kko.hya.ku.e.n.de. /sa.n.ko.ni.hya.ku.go.ju.u.e.n.de.su.yo.

一個 100 日圓，三個 250 日圓。

例句

全部でいくらですか？

ze.n.bu.de.i.ku.ra.de.su.ka.

全部多少錢？

どこですか？

do.ko.de.su.ka.

在哪裡？

説明

　　迷路時或者要詢問目的地時，可以用這句詢問。

會話

A：バス停はどこですか？
ba. su. te. i. wa. do. ko. de. su. ka.

公車站在哪裡？

B：あそこです。
a. so. ko. de. su.

在那裡。

例句

ここから一番近いコンビニはどこですか？
ko. ko. ka. ra. i. chi. ba. n. chi. ka. i. ko. n. bi. ni. wa.
do. ko. de. su. ka.

離這裡最近的超商在哪裡？

行きませんか？
i.ki.ma.se.n.ka.

不去嗎？

説明

　　本句為比較稍微婉轉的邀約句型，「行きましょう」則是比較直接的邀約。

會話

A：映画でも見に行きませんか？
e.i.ga.de.mo.mi.ni.i.ki.ma.se.n.ka.

要不要去看個電影什麼的？

B：いいですよ、行きましょう。
i.i.de.su.yo.／i.ki.ma.sho.u.

好啊，走吧。

例句

仕事の後に飲みに行きませんか？
shi.go.to.no.a.to.ni.no.mi.ni.i.ki.ma.se.n.ka.

工作結束後要不要去喝一杯呢？

何ですか？
na.n.de.su.ka.
什麼？

説明

詢問對方某個東西是什麼的問句。

會話

A：これは何ですか？
ko. re. wa. na. n. de. su. ka.

這是什麼？

B：これは八つ橋という和菓子です。
ko. re. wa. ya. tsu. ha. shi. to. i. u. wa. ga. shi. de. su.

這是叫做「八橋」的和菓子。

例句

「スペック」の意味とは何ですか。
su. pe. kku. no. i. mi. to. wa. na. n. de. su. ka.

「spec」是什麼意思？

趣味は何ですか？
しゅみ　なん

shu.mi.wa.na.n.de.su.ka.

興趣是什麼？

説明

詢問對方嗜好或喜好從事的活動。

會話 1

A：趣味は何ですか？
しゅみ　なん
shu. mi . wa . na . n . de . su . ka.

你的興趣是什麼？

B：映画と音楽です。
えいが　おんがく
e. i . ga . to . o. n. ga. ku. de. su.

看電影跟聽音樂。

會話 2

A：趣味は何？
しゅみ　なに
shu. mi . wa . na . ni.

你的興趣是什麼？

B：料理かな。
りょうり
ryo. u. ri . ka. na.

應該是做菜吧。

嘘<ruby>うそ</ruby>でしょう？

u.so.de.sho.u.

開玩笑的吧 / 騙人的吧？

説明

驚訝到無法置信的情況下，向對方確認情報是否正確。口語中有時會省略只說「嘘」。

會話

A：嘘でしょう？竹山さんがあんなに可愛い女の子と付き合っているなんて。

u. so. de. sho. u. /ta. ke. ya. ma. sa. n. ga. a. n. na. ni. ka. wa. i. i. o. n. na. no. ko. to. tsu. ki. a. tte. i. ru. na. n. te.

騙人的吧？竹山竟然跟那麼可愛的女孩子交往？

B：残念ながら、本当です。

za. n. ne. n. na. ga. ra. /ho. n. to. u. de. su.

很遺憾，是真的。

例句

ええ？本当かよ？嘘だと言えよ。

e. e. /ho. n. to. u. ka. yo. /u. so. da. to. i. e. yo.

咦？真的嗎？拜託告訴我那是騙人的啦。

誰_{だれ}ですか？

da.re.de.su.ka.

是誰？

説明

　　詢問某人是誰，藉此詢問打聽情報。

會話

A：あの背_せの高_{たか}い女_{おんな}の子_こは誰_{だれ}ですか。

a. no. se. no. ta. ka. i. o. n. na. no. ko. wa. da. re. de. su. ka.

那個身高很高的女孩子是誰？

B：ええ？知_しらないんですか？あの子_こは
社長_{しゃちょう}の娘_{むすめ}ですよ。

e. e. /shi. ra. na. i. n. de. su. ka. /a. no. ko. wa. sha. cho.
u. no. mu. su. me. de. su. yo.

咦？你不知道嗎？那是社長的女兒喔。

例句

私_{わたし}のプリンを食_たべたのは誰_{だれ}？

wa. ta. shi. no. pu. ri. n. o. ta. be. ta. no. wa. da. re.

吃掉我的布丁的人是誰？

如何ですか？
いかが

i.ka.ga.de.su.ka.

如何？

説明

提出建議並詢問對方意願時比較客氣的説法。

會話

A：コーヒーをもう一杯如何ですか？
いっぱいいかが

ko.o.hi.i.o.mo.u.i.ppa.i.i.ka.ga.de.su.ka.

再來一杯咖啡如何？

B：はい、お願いします。
ねが

ha.i./o.ne.ga.i.shi.ma.su.

好的，麻煩了。

例句

よかったら、明日一緒に食事でも如何です
あした いっしょ しょくじ いかが
か？

yo.ka.tta.ra./a.shi.ta.i.ssho.ni.sho.ku.ji.de.mo.
i.ka.ga.de.su.ka.

方便的話，明天一起用個餐如何？

どうしますか？

do.u.shi.ma.su.ka.

怎麼辦呢？

説明

詢問對方在某種情況下會怎麼做。

會話

A：この後、どうしますか？

ko.no.a.to./do.u.shi.ma.su.ka.

等一下要做什麼？

B：あ、そうだ、皆でゲームをしましょうか。

a/so.u.da./mi.na.de.ge.e.mu.o.shi.ma.sho.u.ka.

啊，對了，大家一起玩遊戲吧。

例句

もし宝くじで十億円当たったら、どうし

ますか？

mo.shi.ta.ka.ra.ku.ji.de.ju.u.o.ku.e.n.a.ta.tta.
ra./do.u.shi.ma.su.ka.

如果你中獎中了十億日圓，你會怎麼做？

どちらにしますか？

do.chi.ra.ni.shi.ma.su.ka.

選哪一個？

説明

請對方兩者擇一，如果是三者以上擇一就會用
「どれにしますか？」。另外，「どちら」比較口
語的説法是「どっち」。

會話

A：どっちにしますか？

do. cchi. ni. shi. ma. su. ka.

你會選哪個？

B：どっちも好きなので、選べません。

do. cchi. mo. su. ki. na. no. de. /e. ra. be. ma. se. n.

兩個都喜歡，沒辦法選擇。

例句

紅茶とコーヒー、どちらが好きですか？

ko. u. cha. to. ko. o. hi. i. /do. chi. ra. ga. su. ki. de. su.
ka.

紅茶跟咖啡，你喜歡哪一個？

どうしよう？

do.u.shi.yo.u.

怎麼辦才好？

説明

面對突發狀況時，不知所措地自言自語該怎麼辦才好的情況下使用。

會話

A：道ばたで大金を拾ったんだけど、どうしよう？

mi.chi.ba.ta.de.ta.i.ki.n.o.hi.ro.tta.n.da.ke.do. / do.u.shi.yo.u.

我在路邊撿到很多錢，該怎麼辦才好？

B：交番に届けたら、どう？

ko.u.ba.n.ni.to.do.ke.ta.ra. / do.u.

送到警察局如何？

例句

もし彼に嫌われたら、どうしよう？

mo.shi.ka.re.ni.ki.ra.wa.re.ta.ra. / do.u.shi.yo.u.

如果被他討厭了，該怎麼辦才好？

お勧めはありますか？

o.su.su.me.wa.a.ri.ma.su.ka.

有推薦的東西嗎？

説明

　　自己抓不定主意時，請對方推薦東西作為意見參考。

會話

A：お勧めの化粧品はありますか？

o. su. su. me. no. ke. sho. u. hi. n. wa. a. ri. ma. su. ka.

有推薦的化妝品嗎？

B：「ピーチ」っていうブランドがお勧めです。

pi. i. chi. tte. i. u. bu. ra. n. do. ga. o. su. su. me. de. su.

我推薦叫「peach」的牌子的化妝品。

例句

お勧めのお店ありますか？

o. su. su. me. no. o. mi. se. a. ri. ma. su. ka.

有推薦的店嗎？

言ってなかったっけ？

i.tte.na.ka.tta.kke.

沒跟你説過嗎？

説明

　　動詞過去式後面加上「っけ」，表示正在回想過去發生的事情。

會話 1

A：明日の待ち合わせ場所はどこ？
a.shi.ta.no.ma.chi.a.wa.se.ba.sho.wa.do.ko.

明天約在哪裡碰面？

B：あれ、言ってなかったっけ？
a.re./i.tte.na.ka.tta.kke.

咦？我沒跟你説過嗎？

會話 2

A：昨日の晩ご飯は何を食べたっけ？
ki.no.u.no.ba.n.go.ha.n.wa.na.ni.o.ta.be.ta.kke.

我昨天晚餐吃了什麼啊？

B：ええ？覚えてないんですか？
e.e./o.bo.e.te.na.i.n.de.su.ka.

咦？不記得了嗎？

大丈夫ですか？
だいじょうぶ

da.i.jo.u.bu.de.su.ka.

不要緊吧？

説明

詢問對方目前狀態有無大礙，或者方不方便。

會話

A：今電話しても大丈夫？
いまでんわ　　　　　だいじょうぶ

i. ma. de. n.wa. shi. te. mo. da. i. jo. u. bu.

現在可以講電話嗎？

B：うん、大丈夫。
　　　　　だいじょうぶ

u. n. /da. i. jo. u. bu.

嗯，沒問題。

例句

明日は大事な試験だけど、大丈夫かな？
あした　だいじ　しけん　　　　　　だいじょうぶ

a. shi. ta. wa. da. i. ji. na. shi. ke. n. da. ke. do. /da. i. jo.
u. bu. ka. na.

明天有很重要的考試，應該沒問題吧？

いつですか？

i.tsu.de.su.ka.

什麼時候？

説明

詢問對方日期或時間的句子。

會話 1

A：レポートの締め切りはいつですか？

re.po.o.to.no.shi.me.ki.ri.wa.i.tsu.de.su.ka.

報告的截止日期是什麼時候？

B：来週水曜日の午後五時までです。

ra.i.shu.u.su.i.yo.u.bi.no.go.go.go.ji.ma.de.de.
su.

下星期三的下午五點前。

會話 2

A：お誕生日はいつですか？

o.ta.n.jo.u.bi.wa.i.tsu.de.su.ka.

你的生日是什麼時候呢？

B：四月九日です。

shi.ga.tsu.ko.ko.no.ka.de.su.

4月9日。

今、宜しいですか？

i.ma./yo.ro.shi.i.de.su.ka.

現在方便嗎？

説明

談話前，禮貌性地詢問對方方不方便。

會話 1

A：今、宜しいですか？

i.ma./yo.ro.shi.i.de.su.ka.

現在方便嗎？

B：はい、どうぞ。

ha.i./do.u.zo

是，請說。

會話 2

A：今、宜しいですか？

i.ma./yo.ro.shi.i.de.su.ka.

現在方便嗎？

B：すみません、今はちょっと忙しいんです。

su.mi.ma.se.n./i.ma.wa.cho.tto.i.so.ga.shi.i.n.de.su.

很抱歉，現在有點忙。

どうしたら、いいですか？

do.u.shi.ta.ra./i.i.de.su.ka.

要怎麼辦才好？

説明

想不到解決方法時，向其他人請求建議。

會話

A：先輩、どうしたら、いいですか？
se.n.pa.i./do.u.shi.ta.ra./i.i.de.su.ka.

前輩，我該怎麼辦才好？

B：先生に相談してみたら、どう？
se.n.se.i.ni.so.u.da.n.shi.te.mi.ta.ra./do.u.

跟老師商量看看，怎麼樣？

例句

本当に悩んでいます。私は一体どうしたら、いいですか？
ho.n.to.u.ni.na.ya.n.de.i.ma.su./wa.ta.shi.
wa.i.tta.i.do.u.shi.ta.ra./i.i.de.su.ka.

我真的很煩惱，我到底該怎麼辦才好？

どうしてですか？

do.u.shi.te.de.su.ka.

為什麼？

說明

日常生活常用句，用來詢問對方原因或理由。

會話 1

A：どうして会社を辞めたんですか？
do. u. shi. te. ka. i. sha. o. ya. me. ta. n. de. su. ka.

為什麼辭職呢？

B：給料が少ないからです。
kyu. u. ryo. u. ga. su. ku. na. i. ka. ra. de. su.

因為薪水太少。

會話 2

A：神崎くんはどうして来ないの？
ka. n. za. ki. ku. n. wa. do. u. shi. te. ko. na. i. no.

為什麼神崎沒有來？

B：バイトがあるんだって。
ba. i. to. ga. a. ru. n. da. tte.

他說他有打工。

どなたですか？

do.na.ta.de.su.ka.

請問是哪位？

説明

本句是親自向對方詢問身分的客氣説法。

會話 1

A：すみません、どなたですか？
su.mi.ma.se.n. /do.na.ta.de.su.ka.

不好意思，請問是哪位？

B：店長の鈴木です。
te.n.cho.u.no.su.zu.ki.de.su.

我是店長鈴木。

會話 2

A：もしもし、どなたですか？
mo.shi.mo.shi. /do.na.ta.de.su.ka.

喂，請問是哪位？

B：絵美さんの友達の早見です。
e.mi.sa.n.no.to.mo.da.chi.no.ha.ya.mi.de.su.

我是繪美的朋友，叫早見。

おいくつですか？

o.i.ku.tsu.de.su.ka.

請問幾歲？

説明

詢問對方年齡比較禮貌的問句。

會話 1

A：おいくつですか？

o. i. ku. tsu. de. su. ka.

請問幾歲？

B：今年で１９歳です。

ko. to. shi. de. ju. u. kyu. u. sa. i. de. su.

今年就 19 歲了。

會話 2

A：お子さんはおいくつですか？

o. ko. sa. n. wa. o. i. ku. tsu. de. su. ka.

您的小孩幾歲？

B：来月３歳になります。

ra. i. ge. tsu. sa. n. sa. i. ni. na. ri. ma. su.

下個月滿 3 歲。

どうするつもりですか？

do.u.su.ru.tsu.mo.ri.de.su.ka.

打算怎麼做？

説明

「どうする」是「怎麼做」，「つもり」是「打算」的意思。

會話 1

A：これからどうするつもりですか？
ko.re.ka.ra.do.u.su.ru.tsu.mo.ri.de.su.ka.

以後打算怎麼做？

B：大学院に進学するつもりです。
da.i.ga.ku.i.n.ni.shi.n.ga.ku.su.ru.tsu.mo.ri.de.su.

我打算讀研究所。

會話 2

A：今年のバレンタインはどうするつもり？
ko.to.shi.no.ba.re.n.ta.i.n.wa.do.u.su.ru.tsu.mo.ri.

今年情人節打算怎麼過呢？

B：普通に過ごすつもりよ。
fu.tsu.u.ni.su.go.su.tsu.mo.ri.yo.

我打算很平常地過。

～を見た事がありますか？

o.mi.ta.ko.to.ga.a.ri.ma.su.ka.

有看過…嗎？

説明

　　詢問對方到目前為止是否有見過某件事物的經驗？

會話 1

A：カピバラを見た事がある？

ka.pi.ba.ra.o.mi.ta.ko.to.ga.a.ru.

你看過水豚嗎

B：動物園で見た事がある。

do.u.bu.tsu.e.n.de.mi.ta.ko.to.ga.a.ru.

我曾經在動物看過。

會話 2

A：刺身を食べた事がありますか？

sa.shi.mi.o.ta.be.ta.ko.to.ga.a.ri.ma.su.ka.

你有吃過生魚片嗎？

B：いいえ、食べた事がありません。

i.i.e./ta.be.ta.ko.to.ga.a.ri.ma.se.n.

沒有，我沒吃過。

怪我はありませんか？
ke.ga.wa.a.ri.ma.se.n.ka.
有沒有受傷？

説明

「怪我」是「傷口」的意思，用來問候對方傷勢。

會話 1

A：怪我はありませんか？
ke. ga. wa. a. ri. ma. se. n. ka.

有沒有受傷？

B：大丈夫です。
da. i. jo. u. bu. de. su.

我沒事。

會話 2

A：怪我はない？
ke. ga. wa. na. i.

有沒有受傷？

B：ちょっと痛いけど、大丈夫よ。
cho. tto. i. ta. i. ke. do. /da. i. jo. u. bu. yo.

雖然有點痛，但沒事。

まだですか？

ma.da.de.su.ka.

還沒好嗎？

説明

　詢問對方準備好了沒。

會話 1

A：ご飯はまだ？
go. ha. n. wa. ma. da.

飯還沒好嗎？

B：まだよ。もうちょっと待ってね。
ma. da. yo. /mo. u. cho. tto. ma. tte. ne.

還沒好。再稍等一下。

會話 2

A：まだですか？
ma. da. de. su. ka.

還沒好嗎？

B：まだです。
ma. da. de. su.

還沒好。

何をしていますか？

na.ni.o.shi.te.i.ma.su.ka.

在做什麼呢？

說明

　　詢問對方目前正在做什麼，或者平常習慣做什麼。

會話 1

A：今、何をしていますか？

i.ma./na.ni.o.shi.te.i.ma.su.ka.

現在在做什麼呢？

B：今本を読んでいます。

i.ma.ho.no.yo.n.de.i.ma.su.

我現在在看書。

會話 2

A：休日は何をしているの？

kyu.u.ji.tsu.wa.na.ni.o.shi.te.i.ru.no.

假日在做什麼呢？

B：何もしないで、のんびりしてるの。

na.ni.mo.shi.na.i.de./no.n.bi.ri.shi.te.ru.no.

什麼都不做，悠閒地過。

あとどれくらいですか？

a.to.do.re.ku.ra.i.de.su.ka.

還要多久？

説明

詢問對方還需要等待多長的時間。

會話 1

A：あとどれくらいで着きますか？

a.to.do.re.ku.ra.i.de.tsu.ki.ma.su.ka.

還要多久才能抵達？

B：もうすぐ着きます。

mo.u.su.gu.tsu.ki.ma.su.

很快就會到了。

會話 2

A：クリスマスまで、あとどれくらいですか？

ku.ri.su.ma.su.ma.de./a.to.do.re.ku.ra.i.de.su.ka.

離聖誕節還有多久啊？

B：あと二週間ぐらいかな。

a.to.ni.shu.u.ka.n.gu.ra.i.ka.na.

大約還有兩個星期吧。

手伝いましょうか？

て つ だ

te.tsu.da.i.ma.sho.u.ka.

需要幫忙嗎？

説明

在路上看到陌生人迷路，或者看到年長者拿著看起來很重的包包時，詢問對方是否需要協助。

會話 1

A：先生、手伝いましょうか。

せんせい　てつだ

se.n.se.i. /te.tsu.da.i.ma.sho.u.ka.

老師，需要幫忙嗎？

B：大丈夫よ。ありがとう。

だいじょうぶ

da.i.jo.u.bu.yo. /a.ri.ga.to.u.

沒關係，謝謝。

會話 2

A：手伝いましょうか。

てつだ

te.tsu.da.i.ma.sho.u.ka.

需要幫忙嗎？

B：それじゃ、お願いします。

ねが

so.re.ja. /o.ne.ga.i.shi.ma.su.

那麼就麻煩你了。

Chapter.06

肯定回應

5 Minute Japanese Conversation Practice

～に決まっています

ni.ki.ma.tte.i.ma.su.

絕對…

説明

説話者對某件人事物強烈的主觀意見。

會話

A：目玉焼きは醤油をかけたほうが美味しい
に決まってるじゃん。

me. da. ma. ya. ki. wa. sho. u. yu. o. ka. ke. ta. ho. u. ga.
o. i. shi. i. ni. ki. ma. tte. ru. ja. n.

荷包蛋絕對淋醬油比較好吃。

B：そのままでも十分美味しいと思うよ。

so. no. ma. ma. de. mo. ju. u. bu. n. o. i. shi. i. to. o. mo.
u. yo.

我覺得原味就已經夠好吃了。

例句

それは無理に決まっています。

so. re. wa. mu. ri. ni. ki. ma. tte. i. ma. su.

那絕對沒辦法。

どうでもいいです

do.u.de.mo.i.i.de.su.

無所謂

説明

覚得不重要、無所謂，語氣中有一點不耐煩的感覺。

會話 1

A：あいつ、 焼きそばパンを三つも食べたんですよ。

a.i.tsu./ya.ki.so.ba.pa.n.o.mi.tsu.mo.ta.be.ta.
n.de.su.yo.

那傢伙居然吃了三個炒麵麵包耶。

B：それはどうでもいいでしょう。

so.re.wa.do.u.de.mo.i.i.de.sho.u.

這種事情怎樣都無所謂吧。

會話 2

A：何色がいいと思う？

na.ni.i.ro.ga.i.i.to.o.mo.u.

你覺得什麼顏色好？

B：どうでもいい。

do.u.de.mo.i.i.

隨便都行。

大事にします
だいじ

da.i.ji.ni.shi.ma.su.

會好好珍惜

說明

　　本句跟「大切にします」意思類似，比較明顯的差別在於前者語氣比較鄭重，後者則比較口語化。

會話

A：素敵なプレゼントを送ってくれて、ありがとう。大事にするよ。

su.te.ki.na.pu.re.ze.n.to.o.o.ku.tte.ku.re.te/
a.ri.ga.to.u./da.i.ji.ni.su.ru.yo.

謝謝你送我這麼棒的禮物，我會好好珍惜。

B：喜んでくれて、嬉しい。

yo.ro.ko.n.de.ku.re.te./u.re.shi.i.

我很高興你會喜歡。

例句

せっかくのチャンスだから、大切にする。

se.kka.ku.no.cha.n.su.da.ka.ra./ta.i.se.tsu.
ni.su.ru.

因為是很難得的機會，我會好好珍惜。

分かりました
wa.ka.ri.ma.shi.ta.
知道了

説明

　　表示自己已經充分了解對方提出的説明或者要求。

會話

A：レポートは明日までに提出してください。

re.po.o.to.wa.a.shi.ta.ma.de.ni.te.i.shu.tsu.shi.
te.ku.da.sa.i.

報告請在明天前繳交。

B：はい、分かりました。

ha.i./wa.ka.ri.ma.shi.ta.

是的，我知道了

例句

なるほど、分かりました。つまり、そういうことですね。

na.ru.ho.do./wa.ka.ri.ma.shi.ta./tsu.ma.ri/
so.u.i.u.ko.to.de.su.ne.

原來如此，我懂了。也就是説，是這麼一回事啊。

勿論
もちろん

mo.chi.ro.n.

當然

説明

表示認為這是理所當然的事情。

會話 1

A：一緒に焼肉を食べに行きませんか？
いっしょ　やきにく　た　い

i. ssho. ni. ya. ki. ni. ku. o. ta. be. ni. i. ki. ma. se. n. ka.

要不要一起去吃烤肉？

B：もちろん行きます。
い

mo. chi. ro. n. i. ki. ma. su.

當然要去囉。

會話 2

A：パソコンの使い方を知っていますか？
つか　かた　し

pa. so. ko. n. no. tsu. ka. i. ka. ta. o. shi. tte. i. ma. su. ka

你知道電腦的使用方法嗎？

B：もちろん。

mo. chi. ro. n.

當然。

何<ruby>とか</ruby>なります

な.ん.と.か.な.り.ま.す.
na.n.to.ka.na.ri.ma.su.

船到橋頭自然直

説明

對方沮喪的時候，用來安慰對方樂觀一點看待
事情。

會話 1

A：これからどうすればいいですか？
ko. re. ka. ra. do. u. su. re. ba. i. i. de. su. ka.

之後我要怎麼辦才好？

B：大丈夫、何とかなります。
da. i. jo. u. bu. /na. n. to. ka. na. ri. ma. su

沒問題，總會有辦法的。

會話 2

A：本当に最悪だ。
ho. n. to. u. ni. sa. i. a. ku. da.

真是太糟糕了。

B：元気を出して、何とかなるよ。
ge. n. ki. o. da. shi. te/na. n. to. ka. na. ru. yo.

打起精神，總會有辦法的。

Track
085

その通りです

so.no.to.o.ri.de.su.

正是如此

説明

強烈肯定對方的説法、想法或猜測。

會話

A：太郎が急に痩せたのは彼女に振られた
からですか？

ta. ro. u. ga. kyu. u. ni. ya. se. ta. no. wa. ka. no. jo. ni. fu.
ra. re. ta. ka. ra. de. su. ka.

太郎突然變瘦是因為被女朋友甩了嗎？

B：そうそう、全くその通りです。

so. u. so. u. /ma. tta. ku. so. no. to. o. ri. de. su.

沒錯沒錯，完全正確。

例句

その通りだと思います。

so. no. to. o. ri. da. to. o. mo. i. ma. su.

我認為正是如此。

本気です
ほんき
ho.n.ki.de.su.
我是認真的

說明

用來強調自己的決心或決定是來真的。

會話1

A：私 は本気です。
わたし　　ほんき

wa.ta.shi.wa.ho.n.ki.de.su.

我是認真的。

B：本気で言っているんですか？
ほんき　　い

ho.n.ki.de.i.tte.i.ru.n.de.su.ka.

你是說真的嗎？

會話2

A：本気でアイドルになりたいんですか？
ほんき

ho.n.ki.de.a.i.do.ru.ni.na.ri.ta.i.n.de.su.ka.

你想要當偶像是認真的嗎？

B：勿論本気です。
もちろんほんき

mo.chi.ro.n.ho.n.ki.de.su.

當然是認真的。

確かに
ta.shi.ka.ni.
確實

説明

　　自己同意對方的説法時，就可以回覆這句話表示贊同。

會話1

A：あいつはケチだな。
a.i.tsu.wa.ke.chi.da.na.

那傢伙真小氣。

B：確かに。
ta.shi.ka.ni.

的確是。

會話2

A：このドレス、綺麗でしょう。
ko.no.do.re.su./ki.re.i.de.sho.u.

這件禮服很漂亮吧。

B：確かに綺麗です。
ta.shi.ka.ni.ki.re.i.de.su.

確實很漂亮。

思った通りです

おも　　　とお

o.mo.tta.to.o.ri.de.su.

跟想的一樣

【説明】

　意指事情發展跟自己預測的情況一致。

【會話 1】

A：葉村さんは来なかったんです。

は むら　　　　　こ

ha.mu.ra.sa.n.wa.ko.na.ka.tta.n.de.su.

葉村先生沒來。

B：やはり思った通りです。

おも　　　とお

ya.ha.ri.o.mo.tta.to.o.ri.de.su.

果然跟我想的一樣。

【會話 2】

A：デートの誘いに失敗したんだ。

さそ　　しっぱい

de.e.to.no.sa.so.i.ni.shi.ppa.i.shi.ta.n.da.

我約會邀約失敗了。

B：思った通りだな。

おも　　　とお

o.mo.tta.to.o.ri.da.na.

跟我想的一樣。

同じです
おな

o.na.ji.de.su.

相同

説明

形容身高、興趣、外觀、衣服…等事物的特徵相同。

會話 1

A：彼は 私 と 同じ年です。
かれ わたし おな とし

ka.re.wa.wa.ta.shi.to.o.na.ji.to.shi.de.su.

他跟我同年紀。

B：つまり、彼も 2 8 歳ですね。
かれ にじゅうはっさい

tsu.ma.ri./ka.re.mo.ni.ju.u.ha.ssa.i.de.su.ne.

也就是說，他也是 28 歲囉。

會話 2

A：同じ趣味の友達が欲しいな。
おな しゅみ ともだち ほ

o.na.ji.shu.mi.no.to.mo.da.chi.ga.ho.shi.i.na.

我想要有相同興趣的朋友。

B：それは 難 しいかも。
むずか

so.re.wa.mu.zu.ka.shi.i.ka.mo.

那可能很難。

やるしかない
ya.ru.shi.ka.na.i.
只能拼了

説明

　　「やる」是「做」的意思，「しかない」是「只能」的意思，別無選擇只能硬著頭皮全力以赴。

會話 1

A：諦めたら、そこで試合終了だよ。

a.ki.ra.me.ta.ra. /so.ko.de.shi.a.i.shu.u.ryo.u.da.
yo.

如果放棄的話，比賽就結束了喔。

B：そうだな、やるしかない。

so.u.da.na. /ya.ru.shi.ka.na.i.

沒錯，只能拼了。

會話 2

A：合格するまで頑張るしかない。

go.u.ka.ku.su.ru.ma.de.ga.n.ba.ru.shi.ka.na.i.

在考上之前就只能努力了。

B：君なら、絶対合格できる。

ki.mi.na.ra. /ze.tta.i.go.u.ka.ku.de.ki.ru.

如果是你的話，一定可以考上的。

私 もです
わたし

wa.ta.shi.mo.de.su.

我也是

説明

對於別人的言論感到贊同。

會話 1

A: 私 はあのバンドが好きです。
わたし

wa. ta. shi. wa. a. no. ba. n. do. ga. su. ki. de. su.

我喜歡那個樂團。

B: 私 もです。
わたし

wa. ta. shi. mo. de. su.

我也是

會話 2

A: スマートフォンが欲しいな。
ほ

su. ma. a. to. fo. n. ga. ho. shi. i. na.

我真想要智慧型手機。

B: 私 も。
わたし

wa. ta. shi. mo.

我也是。

そうだ
so.u.da.
對了

説明

靈機一動，腦帶中突然浮現出點子，或者是突然回想起某件事情。

會話 1

A：連休は何処に行くの？
re.n.kyu.u. wa. do.ko.ni. i.ku.no.

連假要去哪裡呢？

B：そうだ！京都に行こうか？
so.u.da. /kyo.u.to.ni. i.ko.u.ka.

對了！去京都吧？

會話 2

A：何かいい考えはないかな？
na.ni.ka. i.i.ka.n.ga.e.wa.na.i.ka.na.

有沒有什麼好想法啊？

B：そうだ！先生に相談するのはどう？
so.u.da. /se.n.se.i.ni. so.u.da.n.su.ru.no.wa.do.u.

對了！跟老師商量怎麼樣？

いいと思います
i.i.to.o.mo.i.ma.su.
覺得不錯

説明

　　「いい」是「好的」的意思，提出意見時加上「と思います」會顯得比較客氣。

會話1

A：どうですか？
do. u. de. su. ka.

怎麼樣？

B：すごくいいと思います。
su. go. ku. i. i. to. o. mo. i. ma. su.

我覺得非常好。

會話2

A：明日髪を染めるんだけど、何色がいいかな？
a. shi. ta. ka. mi. o. so. me. ru. n. da. ke. do. /na. ni. i. ro. ga. i. i. ka. na.

明天要染髮，什麼顏色好呢？

B：黒髪のままでいいと思う。
ku. ro. ka. mi. no. ma. ma. de. i. i. to. o. mo. u.

我覺得維持黑髮就可以了。

～方がいいです

ho.u.ga.i.i.de.su.

…比較好

説明

　　用自己的觀點建議對方應該要怎麼作會比較好。

會話

A：仕事が終わったら、早めに帰宅した方が
いいです。

shi.go.to.ga.o.wa.tta.ra./ha.ya.me.ni.ki.ta.
ku.shi.ta.ho.u.ga.i.i.de.su.

工作結束之後，趕快回家比較好喔。

B：そうですね。そうしましょう。

so.u.de.su.ne./so.u.shi.ma.sho.u.

是呢。就這麼辦吧。

例句

やっぱり行かない方が良いですか？

ya.ppa.ri.i.ka.na.i.ho.u.ga.i.i.de.su.ka.

果然還是別去比較好嗎？

まあね

ma.a.ne.

算是吧 / 還可以

説明

含糊帶過或敷衍隨便回答對方提出的問題。

會話 1

A：この 曲 はどうですか？
ko. no. kyo. ku. wa. do. u. de. su. ka.

這首曲子怎麼樣？

B：まあね。
ma. a. ne.

還算是可以吧。

會話 2

A：今日の試験はどうだった？
kyo. u. no. shi. ke. n. wa. do. u. da. tta.

今天的考試怎麼樣？

B：まあね。
ma. a. ne.

還可以吧。

そうそう

SO.U.SO.U.

沒錯

説明

「そうだ」本身即有肯定的意思，重複兩次代表強烈的肯定。

會話 1

A：去年の今頃はまだ学生だったな。

kyo. ne. n. no. i. ma. go. ro. wa. ma. da. ga. ku. se. i. da. tta. na.

去年的這個時候還是學生呢。

B：そうそう、あの頃は楽しかったな。

so. u. so. u. /a. no. ko. ro. wa. ta. no. shi. ka. tta. na.

沒錯，那個時候真開心哪。

會話 2

A：莉子はピーマンが苦手だったっけ？

ri. ko. wa. pi. i. ma. n. ga. ni. ga. te. da. tta. kke.

我記得莉子好像不敢吃青椒？

B：そうそう。

so. u. so. u.

沒錯。

なるほど

na.ru.ho.do.

原來如此

説明

當自己了解一件事情，突然間恍然大悟的時候使用。

會話

A： 今日寝坊しちゃった。
kyo.u.ne.bo.u.shi.cha.tta.

今天睡過頭了。

B：なるほど、それで遅刻したんだ。
na.ru.ho.to./so.re.de.chi.ko.ku.shi.ta.n.da.

原來如此，所以才遲到啊。

例句

なるほど、分かった。
na.ru.ho.do./wa.ka.tta.

原來如此，我懂了。

それはいい 考えです

so.re.wa.i.i.ka.n.ga.e.de.su.

那真是個好主意

説明

稱讚對方提出的意見或想法很好。

會話

A: ご両親に相談したら、どうですか？

go. ryo. u. shi. n. ni. so. u. da. n. shi. ta. ra. /do. u. de.
su. ka.

跟父母商量一下，如何？

B: いい 考えですね。そうしましょう。

i. i. ka. n. ga. e. de. su. ne. /so. u. shi. ma. sho. u.

真是個好主意。就這麼做吧。

例句

お言葉ですが、それはいい 考えではないと
思います。

o. ko. to. ba. de. su. ga. /so. re. wa. i. i. ka. n. ga. e. de.
wa. na. i. to. o. mo. i. ma. su.

恕我直言，我認為那並不是個好主意。

5 Minute Japanese - Conversation Practice

ONE DAY

5分鐘
搞定
日語會話

■□■ 超速！日本語会話マスター ■□■

Chapter.07

否定回應

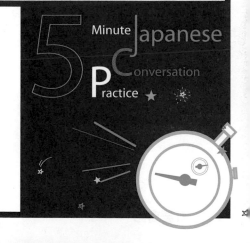

5 Minute Japanese Conversation Practice

結構です
ke.kko.u.de.su.
不用了

説明

已經夠了或已經感到滿足了，所以不需要。

會話

A：レジ袋はどうなさいますか？
re.ji.bu.ku.ro.wa.do.u.na.sa.i.ma.su.ka.

需要袋子嗎？

B：いや、結構です。
i.ya./ke.kko.u.de.su.

不，不用了。

例句

お腹いっぱいなので、もう結構です。
o.na.ka.i.ppa.i.na.no.de./mo.u.ke.kko.u.de.su.

我已經很飽了，所以已經不用了。

分かりません
わ
wa.ka.ri.ma.se.n.
不知道 / 不懂

説明

表示對某件事情不清楚，不了解。

會話

A：この問題が全く分かりません。

ko. no. mo. n. da. i. ga. ma. tta. ku. wa. ka. ri. ma. se. n.

這一題我完全不懂。

B：良かったら、僕が教えましょうか。

yo. ka. tta. ra. /bo. ku. ga. o. shi. e. ma. sho. u. ka.

方便的話，我來教你吧。

例句

どうしたらいいか、分かりません。

do. u. shi. ta. ra. i. i. ka. /wa. ka. ri. ma. se. n.

我不知道怎麼做才好。

間違えました
ma.chi.ga.e.ma.shi.ta.
弄錯了

説明

弄錯某件事情，常會在前面加一句「すみません」表示歉意。

會話

A：すみません、お名前を間違えました。
su.mi.ma.se.n./o.na.ma.e.o.ma.chi.ga.e.ma.shi.ta.

很抱歉，我弄錯你的名字了。

B：よくある事です。気にしないでください。
yo.ku.a.ru.ko.to.de.su./ki.ni.shi.na.i.de.ku.da.
sa.i.

常有的事，不要在意。

例句

すみません、電話番号を間違えました。
su.mi.ma.se.n./de.n.wa.ba.n.go.u.o.ma.chi.ga.e.ma.
shi.ta.

不好意思，我打錯電話了。

間違っています
まちが

ma.chi.ga.tte.i.ma.su.

不對

説明

表示某件事物是錯誤的狀態。

會話

A：あれ、使い方が間違ってるじゃん？
つか　かた　まちが

a. re. /tsu. ka. i. ka. ta. ga. ma. chi. ga. tte. ru. ja. n.

咦，用法用錯了吧？

B：ええ？本当だ！
ほんとう

e. e. /ho. n. to. u. da.

咦？真的耶！

例句

君の 考 えは間違っていると思います。
きみ　かんが　　　　　まちが　　　　　おも

ki. mi. no. ka. n. ga. e. wa. ma. chi. ga. tte. i. ru. to. o. mo.

i. ma. su.

我覺得你的想法不對。

興味はありません
kyo.u.mi.wa.a.ri.ma.se.n.
沒有興趣

説明

　　相反地，要説有興趣的話，就是「興味があります」。

會話

A：釣りに興味がある？
tsu.ri.ni.kyo.u.mi.ga.a.ru.
你對釣魚有興趣嗎？

B：全然興味ない。
ze.n.ze.n.kyo.u.mi.na.i.
我完全沒興趣。

例句

お菓子作りに興味のある方は手を挙げてください。
o.ka.shi.zu.ku.ri.ni.kyo.u.mi.no.a.ru.ka.ta.wa.te.
o.a.ge.te.ku.da.sa.i.
對做點心有興趣的人請舉手。

駄目です

だめ

da.me.de.su.

不行

説明

本句語氣上比較強烈，所以要謹慎使用。

會話

A：そんなやり方じゃ、駄目ですよ。

かた　　　　だめ

so. n. na. ya. ri. ka. ta. ja. /da. me. de. su. yo.

你那種做法，不行啦。

B：そうなんですか？何処が間違ってるか教

どこ　まちが　　　　　おし

えてください。

so. na. n. de. su. ka. /do. ko. ga. ma. chi. ga. tte. ru. ka.

o. shi. e. te. ku. da. sa. i.

是這樣嗎？請告訴我哪裡做錯了。

例句

明日は絶対遅刻しちゃ駄目だよ。

あした　ぜったいちこく　　　　だめ

a. shi. ta. wa. ze. tta. i. chi. ko. ku. shi. cha. da. me.

da. yo.

明天絕對不可以遲到喔。

無理です
mu.ri.de.su.
辦不到

説明

　　表示某件事太勉強，以自己的能力恐怕難以達成。

會話

A：人前で歌を歌うなんて、私には絶対無理です。

hi.to.ma.e.de.u.ta.o.u.ta.u.na.n.te. /wa.ta.shi.ni.wa.ze.tta.i.mu.ri.de.su.

在眾人面前唱歌這種事情，對我來説絕對辦不到。

B：やってみないと、分からないでしょう。

ya.tte.mi.na.i.to. /wa.ka.ra.na.i.de.sho.u.

沒試過怎麼會知道不行呢？

例句

無理をしないで、ゆっくり休んでね。

mu.ri.o.shi.na.i.de. /yu.kku.ri.ya.su.n.de.ne.

請不要勉強自己，好好休息。

それより

so.re.yo.ri.

先別說這個

説明

　　想要轉移對方話題時的接續詞，隱含有自己要
說的話比起對方的話題還重要的意思。

會話 1

A：どこか遊びに行こうか。

do.ko.ka.a.so.bi.ni.i.ko.u.ka.

要去哪裡玩呢？

B：それより、早く仕事を片付けよう。

so.re.yo.ri./ha.ya.ku.shi.go.to.o.ka.ta.zu.ke.yo.
u.

先不談這個，趕快把工作做完啦。

會話 2

A：長井さんが何処にいるか知ってる？

na.ga.i.sa.n.ga.do.ko.ni.i.ru.ka.shi.tte.ru.

你知道長井先生在哪裡嗎？

B：知らない。それより、買い物に付き合っ
てよ。

shi.ra.na.i./so.re.yo.ri./ka.i.mo.no.ni.tsu.
ki.a.tte.yo.

不知道。先別説這個，陪我去買東西嘛。

都合が悪いです
tsu.go.u.ga.wa.ru.i.de.su.
不方便

説明

婉轉説明自己時間上或情況不方便。

會話

A：お好み焼きを食べに行きませんか？

o.ko.no.mi.ya.ki.o.ta.be.ni.i.ki.ma.se.n.ka.

要不要去吃什錦燒？

B：今日は都合が悪いので、明日にしてくれ

ませんか？

kyo.u.wa.tsu.go.u.ga.wa.ru.i.no.de./a.shi.te.ni.
shi.te.ku.re.ma.se.n.ka.

今天不方便，可以改成明天嗎？

例句

都合の良い日時を教えてください。

tsu.go.u.no.i.i.ni.chi.ji.o.o.shi.e.te.ku.da.sa.i.

請告訴我你方便的日期跟時間。

まさか
ma.sa.ka.
怎麼可能

説明

　　事情發展在自己的預料之外，沒有預想到真的會發生。

會話

A：山田さんは会社を辞めるんだって。
ya.ma.da.sa.n.wa.ka.i.sha.o.ya.me.ru.n.da.tte.

聽説山田先生要辭職。

B：まさか、信じられない。
ma.sa.ka./shi.n.ji.ra.re.na.i.

怎麼可能，好難以置信。

例句

まさか宝くじが当たるとは思いませんでした。
ma.sa.ka.ta.ka.ra.ku.ji.ga.a.ta.ru.to.wa.o.mo.
i.ma.se.n.de.shi.ta.

沒想到居然會中獎。

まったく
ma.tta.ku.
真是的

説明

帯有抱怨、受不了的語氣。

會話

A：顔色が悪いみたいですけど、どうかした
んですか？

ka.o.i.ro.ga.wa.ru.i.mi.ta.i.de.su.ke.do/do.u.ka.
shi.ta.n.de.su.ka.

你的臉色看起來不太好，怎麼了嗎？

B：また怒られたんだよ。まったく。

ma.ta.o.ko.ra.re.ta.n.da.yo./ma.tta.ku.

又被罵了，真是的。

例句

まったく、だからあの人の事が嫌いなんだ
よ。

ma.tta.ku./da.ka.ra.a.no.hi.to.no.ko.to.ga.ki.ra.
i.na.n.da.yo.

真是的，所以説我才討厭那個人嘛。

それはちょっと…
so.re.wa.cho.tto.
這沒辦法…

説明

婉轉拒絕對方的要求或邀請。

會話 1

A：三十万元貸してください。

sa. n. ju. u. ma. n. ge. n. ka. shi. te. ku. da. sa. i.

請借我三十萬。

B：流石にそれはちょっと…。

sa. su. ga. ni. so. re. wa. cho. tto.

這實在是沒辦法…。

會話 2

A：ご飯奢ってよ。

go. ha. n. o. go. tte. yo.

請我吃飯啦。

B：いや、それはちょっと…。

i. ya. /so. re. wa. cho. tto.

呃，不行…。

ほっとしました
ho.tto.shi.ma.shi.ta.
鬆了一口氣

 説明

　放下心中的石頭，鬆了一口氣。

會話

A：検査の結果がよくて、ほっとした。
けんさ　けっか

ke. n. sa. no. ke. kka. ga. yo. ku. te. /ho. tto. shi. ta.

檢查的結果良好，鬆了一口氣。

B：それはよかった。

so. re. wa. yo. ka. tta.

那真是太好了。

例句

正直、それを聞いて、ほっとしました。
しょうじき　　　　き

sho. u. ji. ki. /so. re. o. ki. i. te. /ho. tto. shi. ma. shi.
ta.

老實説，聽到那個消息之後，鬆了一口氣。

全然
ぜんぜん
ze.n.ze.n.
完全

説明

表程度的副詞，表示「一點也不…」，常用於否定句。

會話1

A：ピアノが弾けますか？
pi.a.no.ga.hi.ke.ma.su.ka.

你會彈鋼琴嗎？

B：いや、全然。
i.ya./ze.n.ze.n.

不，我完全不會。

會話2

A：あの人の事を知っていますか？
a.no.hi.to.no.ko.to.o.shi.tte.i.ma.su.ka.

你知道那個人嗎？

B：いいえ、全然知りません。
i.i.e./ze.n.ze.n.shi.ri.ma.se.n.

不，我完全不知道。

どうかと思います

do.u.ka.to.o.mo.i.ma.su.

覺得不妥

説明

　　表示納悶、不贊成，或者覺得不太好的委婉説法。

會話

A : こうした方がいいでしょう。
ko.u.shi.ta.ho.u.ga.i.i.de.sho.u.

這麼做比較好吧。

B : それはどうかと思います。
so.re.wa.do.u.ka.to.o.mo.i.ma.su.

我覺得那樣不太好。

例句

ケーキにタバスコはどうかと思います。
ke.e.ki.ni.ta.ba.su.ko.wa.do.u.ka.to.o.mo.i.ma.su.

我覺得蛋糕配辣椒醬不太好。

でも
de.mo.
可是

　　於不贊同對方意見時使用，這句話對長輩使用比較不禮貌。

會話1

A：先輩はかっこいいですね。
se. n. pa. i. wa. ka. kko. i. i. de. su. ne.

前輩很帥氣呢。

B：でもちょっと無愛想です。
de. mo. cho. tto. bu. a. i. so. de. su.

但他對人有點冷淡。

會話2

A：授業をサボって、カラオケに行こう？
ju. gyo. u. o. sa. bo. tte. /ka. ra. o. ke. ni. i. ko. u.

翹課去唱卡拉 OK 吧？

B：でも、先生にばれたら、どうするの？
de. mo. /se. n. se. i. ni. ba. re. ta. ra. /do. u. su. ru. no.

可是，被老師發現的話怎麼辦？

まだまだです

ma.da.ma.da.de.su.

還差得遠

説明

表示能力還不強，還有待努力，用來自我謙遜。

會話 1

A：テニスがすごく上手ですね。
te. ni. su. ga. su. go. ku. jo. u. zu. de. su. ne.

你很擅長網球呢。

B：監督と比べたら、まだまだですよ。
ka. n. to. ku. to. ku. ra. be. ta. ra. /ma. da. ma. da. de. su.
yo.

跟教練比起來，我還差得遠呢。

會話 2

A：日本語が上手になりましたね。
ni. ho. n. go. ga. jo. u. zu. ni. na. ri. ma. shi. ta. ne.

你的日文變得很好了呢。

B：いいえ、まだまだです。
i. i. e. /ma. da. ma. da. de. su.

哪裡，我還差得遠。

そんな訳ないでしょう

so.n.na.wa.ke.na.i.de.sho.u.

怎麼可能

說明

對某件事情感到震驚，不可置信。

會話 1

A：君は彼女に騙されたんですよ。

ki.mi.wa.ka.no.jo.ni.da.ma.sa.re.ta.n.de.su.yo.

你被她騙了啦。

B：嘘！そんな訳ないでしょう。

u.so. /so.n.na.wa.ke.na.i.de.sho.u.

騙人！怎麼可能。

會話 2

A：私を馬鹿にしてるの？

wa.ta.shi.o.ba.ka.ni.shi.te.ru.no.

你在耍我嗎？

B：まさか、そんな訳ないだろう。

ma.sa.ka. /so.n.na.wa.ke.na.i.da.ro.u.

怎麼會，怎麼可能。

特<ruby>特<rt>とく</rt></ruby>にありません

to.ku.ni.a.ri.ma.se.n.

沒有什麼特別的

説明

　　沒有特別要回答對方的答案。

會話 1

A：<ruby>私<rt>わたし</rt></ruby> に<ruby>聞<rt>き</rt></ruby>きたい<ruby>事<rt>こと</rt></ruby>でもありますか？

wa.ta.shi.ni.ki.ki.ta.i.ko.to.de.mo.a.ri.ma.su.ka.

有什麼想問我的事情嗎？

B：いや、<ruby>特<rt>とく</rt></ruby>にありません。

i.ya./to.ku.ni.a.ri.ma.se.n

不，沒有特別想問的。

會話 2

A：<ruby>苦手<rt>にがて</rt></ruby>な<ruby>食<rt>た</rt></ruby>べ<ruby>物<rt>もの</rt></ruby>ってある？

ni.ga.te.na.ta.be.mo.no.tte.a.ru.

有不敢吃的食物嗎？

B：<ruby>特<rt>とく</rt></ruby>にない。

to.ku.ni.na.i.

沒有特別不敢吃的食物。

何でもありません
na.n.de.mo.a.ri.ma.se.n.
什麼事都沒有

說明

表示不要緊，請對方別擔心、別在意。

會話 1

A：何か言ったか？
na.ni.ka.i.tta.ka.

你剛剛説了什麼嗎？

B：いや、気のせいよ。何でもない。
i.ya./ki.no.se.i.yo./na.n.de.mo.na.i.

不，是你的錯覺啦。什麼事都沒有。

會話 2

A：どうしたんですか？
do.u.shi.ta.n.de.su.ka.

怎麼了嗎？

B：何でもないんです。
na.n.de.mo.na.i.n.de.su.

沒什麼事。

私のせいです
わたし

wa.ta.shi.no.se.i.de.su.

是我的錯

説明

　　坦承某件事是因為自己的關係而讓情況變得糟糕。

會話

A：全部私のせいです。
　　ぜんぶわたし

ze.n.bu.wa.ta.shi.no.se.i.de.su.

全部都是我的錯。

B：君は悪くありません。自分を責めないで
　　きみ　わる　　　　　　　　じぶん　せ
ください。

ki.mi.wa.wa.ru.ku.a.ri.ma.se.n. / ji.bu.n.o.se.
me.na.i.de.ku.da.sa.i.

你沒有不對，請不要自責。

例句

僕が風邪を引いたのは君のせいじゃないよ。
ぼく　かぜ　ひ　　　　　きみ

bo.ku.ga.ka.ze.o.hi.i.ta.no.wa.ki.mi.no.se.i.ja.
na.i.yo.

我會感冒不是你的錯。

仕方がありません
しかた

shi.ka.ta.ga.a.ri.ma.se.n.

沒辦法

説明

面對無法避免的情形，別無選擇只能承受時的感嘆。

會話

A：会長は用事で出席できないそうです。
かいちょう　　ようじ　　しゅっせき

ka.i.cho.u.wa.yo.u.ji.de.shu.sse.ki.de.ki.na.i.so.u.de.su.

聽説會長有事沒辦法出席。

B：それなら、仕方がありませんね。
しかた

so.re.na.ra./shi.ka.ta.ga.a.ri.ma.se.n.ne.

這樣的話，就沒辦法了呢。

例句

弟が心配で仕方がありません。
おとうと　しんぱい　しかた

o.to.u.to.ga.shi.n.pa.i.de.shi.ka.ta.ga.a.ri.ma.se.n.

我擔心弟弟擔心地不得了。

大したものではありません
ta.i.shi.ta.mo.no.de.wa.a.ri.ma.se.n.
沒什麼了不起的

説明

　　常在送禮的時候使用，謙遜説自己送的東西沒什麼。

會話

A：大したものではありませんが、どうぞ。
ta.i.shi.ta.mo.no.de.wa.a.ri.ma.se.n.ga./do.u.zo.

不是什麼大不了的東西，請用。

B：遠慮なく頂きます。
e.n.ryo.na.ku.i.ta.da.ki.ma.su.

我就不客氣地收下了。

例句

大したものではないけど、気に入ってくれると、嬉しい。
ta.i.shi.ta.mo.no.de.wa.na.i.ke.do./ki.ni.i.tte.ku.re.ru.to./u.re.shi.i.

雖然不是什麼了不起東西，但希望你會喜歡。

わざとじゃありません

wa.za.to.ja.a.ri.ma.se.n.

不是故意的

説明

「わざと」是「故意、刻意」的意思。所作所為只是無心之過，並非刻意。

會話 1

A：わざとじゃないんだ。
wa.za.to.ja.na.i.n.da.

我不是故意的。

B：いいよ、別に気にしてないの。
i.i.yo./be.tsu.ni.ki.ni.shi.te.na.i.no.

沒事，我沒有特別在意啦。

會話 2

A：これってわざとでしょう。
ko.re.tte.wa.za.to.de.sho.u.

這是故意的吧。

B：さあ、どうでしょうね。
sa.a./do.u.de.sho.u.ne.

誰知道，到底是如何呢。

別に
be.tsu.ni.
（沒有）特別…

説明

通常在否定句中使用。

會話 1

A：今は 忙しいですか？
i. ma. wa. i. so. ga. shi. i. de. su. ka.

現在很忙嗎？

B：いや、別に。
i. ya. /be. tsu. ni.

沒有啊，也沒特別忙。

會話 2

A：何で怒ってるんですか？
na. n. de. o. ko. tte. ru. n. de. su. ka.

你為什麼在生氣？

B：いや、別に怒ってないよ。
i. ya. /be. tsu. ni. o. ko. tte. na. i. yo.

沒有啊，我又沒生氣。

台無しになってしまいました

だいな

da.i.na.shi.ni.na.tte.shi.ma.i.ma.shi.
ta.

白費了

説明

因為某個因素導致事情無法如願達成。

會話

とつぜん　　あめ　　はなびたいかい　　だいな
A：突然の雨で花火大会が台無しになっちゃ
った。

to. tsu. ze. n. no. a. me. de. ha. na. bi. ta. i. ka. i. ga.
da. i. na. shi. ni. na. ccha. tta.

因為突然下雨，煙火大會就泡湯了。

ざんねん
B：それは残念だったね。

so. re. wa. za. n. ne. n. da. tta. ne.

真可惜。

例句

せっかく　　りょこう　　たいふう　　だいな
折角の旅行が台風で台無しになってしまっ
た。

se. kka. ku. no. ryo. ko. u. ga. ta. i. fu. u. de. da. i. na. shi.
ni. na. tte. shi. ma. tta.

難得的旅行因為颱風泡湯了。

いけません
i.ke.ma.se.n.

不可以

説明

表示禁止對方進行特定動作。

會話

A：廊下で走ってはいけません。
ro.u.ka.de.ha.shi.tte.wa.i.ke.ma.se.n.

不可以在走廊奔跑。

B：はい、分かりました。
ha.i./wa.ka.ri.ma.shi.ta.

是，我知道了。

例句

ここで煙草を吸ってはいけません。
ko.ko.de.ta.ba.ko.o.su.tte.wa.i.ke.ma.se.n.

不可以在這裡抽菸。

気のせいです

ki.no.se.i.de.su.

錯覺

説明

　　認為某件事是對方的心理作用多慮了，不是真的。

會話 1

A：さっき、何か言いましたか？

sa.kki./na.ni.ka.i.i.ma.shi.ta.ka.

剛剛你説了什麼了嗎？

B：気のせいです。

ki.no.se.i.de.su.

是你的錯覺。

會話 2

A：あれ？気のせいかな？

a.re./ki.no.se.i.ka.na.

咦？是我的錯覺嗎？

B：絶対気のせいだよ。

ze.tta.i.ki.no.se.i.da.yo.

絕對是錯覺啦。

無駄です
むだ

mu.da.de.su.

徒勞無功

説明

　　表示不管怎麼努力到頭來都會沒用，只是白費力氣。

會話

A：どうして諦めたんですか？
あきら

do.u.shi.te.a.ki.ra.me.ta.n.de.su.ka.

為什麼放棄了呢？

B：いくら頑張っても無駄だからです。
がんば　　　　むだ

i.ku.ra.ga.n.ba.tte.mo.mu.da.da.ka.ra.de.su.

因為不管怎麼努力都沒用。

例句

今更後悔しても無駄です。
いまさらこうかい　　　　むだ

i.ma.sa.ra.ko.u.ka.i.shi.te.mo.mu.da.de.su.

事到如今後悔也沒用了。

やりすぎです

ya.ri.su.gi.de.su.

作得太過火

説明

　　指某件事情作得太過份，導致發生不好的結果。

會話

A：ゲームのやりすぎで、目が痛い。

ge.e.mu.no.ya.ri.su.gi.de./me.ga.i.ta.i.

打太多電玩，眼睛好痛。

B：少し休んだら、どう？

su.ko.shi.ya.su.n.da.ra./do.u.

稍微休息一下，怎麼樣？

例句

いくら何でもやりすぎです。

i.ku.ra.na.n.de.mo.ya.ri.su.gi.de.su.

無論如何都作得太過火了。

嫌な予感がします

i.ya.na.yo.ka.n.ga.shi.ma.su.

有不好的預感

説明

　　表示有預感某件事情未來可能會發生不好的結果。

會話

A：嫌な予感がするのは何故でしょう？

i. ya. na. yo. ka. n. ga. su. ru. no. wa. na. ze. de. sho. u.

為什麼我會有不好的預感呢？

B：気のせいでしょう。

ki. no. se. i. de. sho. u.

是你的錯覺吧。

例句

何だか嫌な予感がします。

na. n. da. ka. i. ya. na. yo. ka. n. ga. shi. ma. su.

總覺得有不好的預感。

～に弱いです

ni.yo.wa.i.de.su.

不擅長 / 抵擋不住

説明

意指不擅長、禁不起或對某種事物沒有抵抗力。

會話

A：実はアルコールに弱いんです。

ji.tsu.wa.a.ru.ko.o.ru.ni.yo.wa.i.n.de.su.

其實我不太能喝酒。

B：それなら、無理に飲まないほうがいいです。

so.re.na.ra./mu.ri.ni.no.ma.na.i.ho.u.ga.i.i.de.su.

這樣的話，不要勉強喝酒比較好。

例句

割引に弱いんです。

wa.ri.bi.ki.ni.yo.wa.i.n.de.su.

我對折扣沒抵抗力。

別にいいじゃないですか

be.tsu.ni.i.i.ja.na.i.de.su.ka.

又沒差

説明

　　覺得又沒什麼大不了，不會造成太大影響，所以做了也沒關係。

會話1

A：ほら、勝手に人の携帯を見るな！

ho.ra. /ka.tte.ni.hi.to.no.ke.i.ta.i.o.mi.ru.na.

喂，不要隨便看別人的手機！

B：別にいいじゃないか。

be.tsu.ni.i.i.ja.na.i.ka.

又沒差。

會話2

A：ちょっと、私のチョコを勝手に食べないでよ。

cho.tto. /wa.ta.shi.no.cho.ko.o.ka.tte.ni.ta.be.na.i.de.yo.

喂，不要隨便吃我的巧克力。

B：別にいいじゃん。

be.tsu.ni.i.i.ja.n.

又沒差。

当然の事をしたまでです

とうぜん　こと

to.u.ze.n.no.ko.to.o.shi.ta.ma.de.de.

su.

只不過是做了應當作的事情罷了

説明

對方致謝時，可以用這句話來自謙這是應該幫忙的，不需要道謝。

會話

A： ありがとうございます。

a.ri.ga.to.u.go.za.i.ma.su.

謝謝。

B： いえいえ。当然の事をしたまでです

とうぜん　こと

i.e.i.e./to.u.ze.n.no.ko.to.o.shi.ta.ma.de.de.su.

哪裡哪裡，只不過是做我應該作的事情罷了。

例句

れい　い　　　　　　　　けいさつ　　　　　　　とうぜん　こと

礼を言うな。警察として、当然の事をした

までだ。

re.i.o.i.u.na./ke.i.sa.tsu.to.shi.te./to.u.ze.n.no.ko.to.o.shi.ta.ma.de.da.

別道謝。我只不過是盡身為警察的本份罷了。

～に悪いです

ni.wa.ru.i.de.su.

對…不好

説明

表示對某件事物有不好的影響。

會話

A：私はよく夜更かしをします。

wa.ta.shi.wa.yo.ku.yo.fu.ka.shi.o.shi.ma.su.

我常常熬夜。

B：夜更かしは健康に悪いですよ。

yo.fu.ka.shi.wa.ke.n.ko.u.ni.wa.ru.i.de.su.yo.

熬夜對健康不好喔。

例句

揚げ物は体に悪いそうだ。

a.ge.mo.no.wa.ka.ra.da.ni.wa.ru.i.so.u.da

聽説油炸食品對身體不好。

勿体無いです
もったいな
mo.tta.i.na.i.de.su.

浪費

説明

表示對某人來說某種行為太過浪費、糟蹋。

會話

A：こんなにお金を使って、勿体無い。
ko.n.na.ni.o.ka.ne.o.tsu.ka.tte./mo.tta.i.na.i.

花了這麼多錢，真浪費。

B：無駄使いなんかじゃないよ。
mu.da.zu.ka.i.na.n.ka.ja.na.i.yo.

我才沒有亂花錢。

例句

まだ使えるのに、捨てるのは勿体無い。
ma.da.tsu.ka.e.ru.no.ni./su.te.ru.no.wa.mo.tta.
i.na.i.

明明還能用，丟掉很可惜。

～に飽きました

ni.a.ki.ma.shi.ta.

對…膩了

説明

表示對某件已經持續一陣子的事情感到厭煩。

會話

A：毎日パスタを食べても飽きません。

ma.i.ni.chi.pa.su.ta.o.ta.be.te.mo.a.ki.ma.se.n.

每天吃義大利麵也不會膩。

B：本当にパスタが大好きですね。

ho.n.to.u.ni.pa.su.ta.ga.da.i.su.ki.de.su.ne.

你真的很喜歡義大利麵呢。

例句

もう平凡な生活に飽きた！

mo.u.he.i.bo.n.na.se.i.ka.tsu.ni.a.ki.ta.

我已經受夠平凡的生活了！

そんな事ありません

so.n.na.ko.to.a.ri.ma.se.n.

沒這回事

説明

這句話常在被別人誇獎時，表示謙虛的時候使用。

會話 1

A：桜子のお肌がすべすべで、羨ましいわ。

sa.ku.ra.ko.no.o.ha.da.ga.su.be.su.be.de./u.ra.ya.ma.shi.i.wa.

櫻子的皮膚很光滑，真羨慕。

B：あら、そんな事ないわよ。

a.ra./so.n.na.ko.to.na.i.wa.yo.

唉呀，才沒這回事呢。

會話 2

A：歌声が素晴らしいです。

u.ta.go.e.ga.su.ba.ra.shi.i.de.su.

歌聲真棒。

B：そんな事ないです。

so.n.na.ko.to.na.i.de.su.

才沒這回事呢。

考えておきます

ka.n.ga.e.te.o.ki.ma.su.

我會考慮

説明

這是否定的婉轉説法，沒有正面回覆也沒有直接拒絕對方。年輕人口語中常會説成「考えとく」。

會話 1

A：ねえ、どっか遊びに行かない？
ne.e./do.kka.a.so.bi.ni.i.ka.na.i.

呐，要不要去哪玩？

B：バイトがあるんだけど、考えとくよ。
ba.i.to.ga.a.ru.n.da.ke.do./ka.n.ga.e.to.ku.yo.

我要打工，但我會考慮一下。

會話 2

A：付き合って下さい。
tsu.ki.a.tte.ku.da.sa.i.

請跟我交往。

B：えっと、考えておきます。
e.tto./ka.n.ga.e.te.o.ki.ma.su.

嗯，我會考慮考慮。

いい加減にしなさい
i.i.ka.ge.n.ni.shi.na.sa.i.
不要太過分

説明

本句為女性用語，男性較常用「いい加減にしろ」。

會話 1

A：いい加減にしなさい。
i. i. ka. ge. n. ni. shi. na. sa. i.

不要太過分了。

B：嫌です！
i. ya. de. su.

不要！

會話 2

A：いい加減にしろ。わがままを言うな。
i. i. ka. ge. n. ni. shi. ro. /wa. ga. ma. ma. o. i. u. na.

夠了！不要任性！

B：お父さんの馬鹿！
o. to. u. sa. n. no. ba. ka.

爸爸是笨蛋！

腹が立ちます
ha.ra.ga.ta.chi.ma.su.
生氣

説明

　　是發怒、生氣的意思，跟中文的「生一肚子悶氣」比喻方式類似。

會話 1

A：あいつの顔を見るだけで、腹が立つ。
a. i. tsu. no. ka. o. o. mi. ru. da. ke. de. /ha. ra. ga. ta. tsu.

我光看到那家伙的臉就生氣。

B：何かあったの？
na. ni. ka. a. tta. no.

發生什麼事了嗎？

會話 2

A：冗談だと分かっていても、腹が立つ。
jo. u. da. n. da. to. wa. ka. tte. i. te. mo. /ha. ra. ga. ta. tsu.

雖然我知道是開玩笑的，但還是很生氣。

B：許してあげてよ。
yu. ru. shi. te. a. ge. te. yo.

原諒他吧。

思い出せません

o.mo.i.da.se.ma.se.n.

想不起來

説明

回想不起來某件事情。

會話

A：昨日の晩ごはんが思い出せない。

ki.no.u.no.ba.n.go.ha.n.ga.o.mo.i.da.se.na.i.

我想不起來昨天晚餐吃了什麼。

B：覚えてないのが普通じゃないの？

o.bo.e.te.na.i.no.ga.fu.tsu.u.ja.na.i.no.

記不得不是很正常嗎？

例句

あの芸能人の名前が思い出せない。

a.no.ge.i.no.u.ji.n.no.na.ma.e.ga.o.mo.i.da.se.na.i.

我想不起來那個藝人的名字。

勘違いします
かんちが

ka.n.chi.ga.i.shi.ma.su.

誤會

説明

　　意指對某件事情的理解或判斷有誤，也可以說是會錯意。

會話

A：これはただの義理チョコだから、勘違いしないで。
　　　　　　　ぎり　　　　　　　　　かんちが

ko. re. wa. ta. da. no. gi. ri. cho. ko. da. ka. ra. /ka. n. chi. ga. i. shi. na. i. de.

這只是人情巧克力，所以別誤會了。

B：なんだ。義理チョコか。
　　　　　　ぎり

na. n. da. /gi. ri. cho. ko. ka.

什麼嘛，是人情巧克力啊。

例句

お前、何か勘違いしているよな。
まえ　なん　かんちが

o. ma. e. /na. n. ka. ka. n. chi. ga. i. shi. te. i. ru. yo. na.

你是不是誤會什麼事情了啊。

言い訳をするな！

い わけ

i.i.wa.ke.o.su.ru.na.

不要找藉口！

説明

「言い訳」是「藉口」的意思，本句語氣上

い わけ

比較直接不客氣。

會話

A：ごめん、色々あって、遅くなっちゃった。

いろいろ　　　　　　　　　　おそ

go. me. n. /i. ro. i. ro. a. tte. /o. so. ku. na. ccha. tta.

抱歉，發生很多事情，來晚了。

B：言い訳をするな！遅刻は遅刻だ。

い わけ　　　　　　　　　　ちこく　ちこく

i. i. wa. ke. o. su. ru. na. /chi. ko. ku. wa. chi. ko. ku. da.

不要找藉口！遲到就是遲到。

例句

病気を言い訳にするな！

びょうき　　い　わけ

byo. u. ki. o. i. i. wa. ke. ni. su. ru. na.

不要把生病當藉口！

損しました

son

so.n.shi.ma.shi.ta

吃虧了

説明

懷悔先前做了某件事情後，讓自己有損失，吃了大虧。

會話 1

A：これ、全然使えない！買って損した。

ぜんぜんつか　　　　　　　か　　　そん

ko.re./ze.n.ze.n.tsu.ka.e.na.i./ka.tte.so.n.shi.ta.

這個根本不能用，買了真是吃虧。

B：だから、言ったでしょう。

い

da.ka.ra./i.tta.de.sho.u.

所以說我不是早告訴過你了嗎？

會話 2

A：それって何？

なに

so.re.tte.na.ni.

那是什麼？

B：知らないの？知らないと、損するよ。

し　　　　　　し　　　　　　そん

shi.ra.na.i.no./shi.ra.na.i.to./so.n.su.ru.yo.

你不知道嗎？不知道的話會吃大虧喔。

変です

he.n.de.su.

奇怪

說明

因為跟平常不同而覺得奇怪，或是覺得某件事情發展有點古怪。

會話

A：室村さんの態度がちょっと変だ。
mu. ro. mu. ra. sa. n. no. ta. i. do. ga. cho. tto. he. n. da.

室村的態度有點奇怪。

B：そう？普通じゃない？
so. u. de. /fu. tsu. u. ja. na. i.

是這樣嗎？很平常吧？

例句

変だな。ここに置いてあったはずなのに。
he. n. da. na. /ko. ko. ni. o. i. te. a. tta. ha. zu. na. no. ni.

真奇怪，我明明有放在這裡的才對。

またまた
ma.ta.ma.ta.
又來了

説明

「また」是「又」的意思，「またまた」則是挖苦對方又搬出類似的說詞或把戲。

會話 1

A：料理なんて無理なの。

ryo.u.ri.na.n.te.mu.ri.na.no.

我根本不會做菜啦。

B：またまた。実は上手なんじゃないの。

ma.ta.ma.ta./ji.tsu.wa.jo.u.zu.na.n.ja.na.i.no.

又來這招，其實你很會做菜吧。

會話 2

A：明日の試験は赤点を取るかも。

a.shi.ta.no.shi.ke.n.wa.a.ka.te.n.o.to.ru.ka.mo.

明天的考試可能會不及格。

B：またまた。成績はいつもトップなのに。

ma.ta.ma.ta./se.i.se.ki.wa.i.tsu.mo.to.ppu.na.no.ni.

少來，你的成績明明每次都排第一。

余計なお世話です
よけい せわ

yo.ke.i.na.o.se.wa.de.su.

多管閒事

説明

「余計」是「多餘的」，「お世話」是「照顧」
的意思，整句是覺得對方太多管閒事的意思。

會話 1

A：準備はまだ？
じゅんび

ju. n. bi. wa. ma. da.

還沒準備好嗎？

B：余計なお世話だよ、ほっといて！
よけい せわ

yo. ke. i. na. o. se. wa. da. yo. /ho. tto. i. te.

多管閒事，別管我！

會話 2

A：本当に残念ですね。
ほんとう ざんねん

ho. n. to. u. ni. za. n. ne. n. de. su. ne.

真是可惜呢。

B：余計なお世話です。
よけい せわ

yo. ke. i. na. o. se. wa. de. su.

多管閒事。

ほっとけ

ho.tto.ke.

別管了

説明

源自「ほっておく」，原有「維持現狀」的意思，被引申為「置之不理」。

會話 1

A：これで本当(ほんとう)にいいの？
ko. re. de. ho. n. to. u. ni. i. i. no.

這樣真的好嗎？

B：あいつの事(こと)はほとっけ。
a. i. tsu. no. ko. to. wa. ho. to. kke.

那家伙的事情就別管了。

會話 2

A：ほっとけ。
ho. tto. ke.

別管我。

B：お前(まえ)の事(こと)が心配(しんぱい)だから、言(い)ってるんだよ。
o. ma. e. no. ko. to. ga. shi. n. pa. i. da. ka. ra. / i. tte. ru. n. da. yo.

我可是因為擔心你才這麼説的喔。

～には関係ないでしょう

かんけい

ni.wa.ka.n.ke.i.na.i.de.sho.u.

不關…的事吧

説明

　　意指這件事情跟對方沒有關係，希望對方別多管閒事。

會話 1

A：君には関係ないでしょう。

きみ　　　かんけい

ki.mi.ni.wa.ka.n.ke.i.na.i.de.sho.u.

不關你的事吧。

B：そんな冷たい事を言うなよ。

つめ　　こと　い

so.n.na.tsu.me.ta.i.ko.to.o.i.u.na.

別說這麼冷淡的話嘛。

會話 2

A：さっきの女の子はお友達？

おんな　こ　　ともだち

sa.kki.no.o.n.na.no.ko.wa.o.to.mo.da.chi.

剛剛的女孩子是你的朋友嗎？

B：君には関係ないだろう。

きみ　　　かんけい

ki.mi.ni.wa.ka.n.ke.i.na.i.da.ro.u.

跟你沒關係吧。

足りないです
た

ta.ri.na.i.de.su.

不夠

説明

　　表示錢、時間、份數…不夠，都可以使用這句
話。

會話

A：人手が足りないから、手伝ってくれない？
　　ひとで　　た　　　　　　　　　　てつだ
hi.to.de.ga.ta.ri.na.i.ka.ra. /te.tsu.da.tte.ku.re.
na.i.

因為人手不足，所以你可以幫忙嗎？

B：ごめん、こっちも猫の手を借りたいくら
　　　　　　　　　　　ねこ　て　か
いなんだ。
go.me.n. /ko.cchi.mo.ne.ko.no.te.o.ka.ri.ta.i.ku.
ra.i.na.n.da.

抱歉，我這邊也忙得不可開交。

例句

クレープを食べたいけど、１０元足りない。
　　　　　　　た　　　　　　じゅうげん　た
ku.re.e.pu.o.ta.be.ta.i.ke.do. /ju.u.ge.n.ta.ri.na.
i.

我想吃可麗餅，但是不夠 10 元。

納得できません

な っ と く

na.tto.ku.de.ki.ma.se.n.

無法理解

説明
「納得」是「理解、信服」的意思。要表示自己能夠理解，就可以説「納得できます」。

會話 1

A：どうしても納得できません。

do.u.shi.te.mo.na.tto.ku.de.ki.ma.se.n.

我無論如何都無法理解。

B：ええ？そんな…。

e.e./so.n.na.

咦？怎麼會這樣…。

會話 2

A：納得のいく説明をお願いします。

na.tto.ku.no.i.ku.se.tsu.me.i.o.o.ne.ga.i.shi.ma.su.

請給我能讓人心服口服的解釋。

B：そんな事を言われても困ります。

so.n.na.ko.to.o.i.wa.re.te.mo.ko.ma.ri.ma.su.

你這麼説我也沒辦法。

5 Minute Japanese - Conversation Practice

ONE DAY

5分鐘
搞定
日語會話

■□■ 超速！日本語会話マスター ■□■

Chapter.08

請求

5 Minute Japanese Conversation Practice

お願いします
おねが
o.ne.ga.i.shi.ma.su
請 / 麻煩了

説明

　　有請求要拜託對方時使用，也常用來向店員説明想要的東西或餐點。

會話

A：オムライス大盛りでお願いします。
おおも　ねが
o.mu.ra.i.su.o.o.mo.ri.de.o.ne.ga.i.shi.ma.su.
請給我大份的蛋包飯。

B：かしこまりました、少々お待ちください。
しょうしょう　ま
ka.shi.ko.ma.ri.ma.shi.ta./sho.u.sho.u.o.ma.chi.ku.da.sa.i.
明白了，請您稍等。

例句

引越しの手伝いお願いします！
ひっこ　てつだ　ねが
hi.kko.shi.no.te.tsu.da.i.o.ne.ga.i.shi.ma.su.
請幫我搬家！

ちゃんと

cha.n.to.

好好地

説明

意指把某一件事情處理地很好。要求對方好好作事時，常會用到這個副詞。

會話 1

A：油を売ってないで、ちゃんと仕事をしなさい。

a. bu. ra. o. u. tte. na. i. de. /cha. n. to. shi. go. to. o. shi. na. sa. i.

不要摸魚，好好工作。

B：はい、すみません。

ha. i. /su. mi. ma. se. n.

是，很抱歉。

會話 2

A：ちゃんと部屋の鍵をかけたか？

cha. n. to. he. ya. no. ka. gi. o. ka. ke. ta. ka.

你有確實把房間門鎖好了嗎？

B：ちゃんとかけたよ。

cha. n. to. ka. ke. ta. yo.

確實有鎖上了。

邪魔しないでください
じゃま

ja.ma.shi.na.i.de.ku.da.sa.i.

請不要打擾我

説明

忙碌的時候，或者不希望別人來打擾。

會話

A：今 忙 しいから、邪魔しないで。
いまいそが　　　　じゃま

i.ma.i.so.ga.shi.i.ka.ra./ja.ma.shi.na.i.de.

現在很忙，不要來打擾我

B：はい、分かった。
わ

ha.i./wa.ka.tta.

好，我知道了。

例句

お邪魔します。
じゃま

o.ja.ma.shi.ma.su.

打擾了。

写真を撮ってもらえますか？

sha.shi.n.o.to.tte.mo.ra.e.ma.su.ka.

可以幫忙拍照嗎？

説明

外出遊玩拍照，要請旁邊的路人幫忙時就可以使用這句。

會話

A：すみません、写真を撮ってもらえますか？
su.mi.ma.se.n./sha.shi.n.o.to.tte.mo.ra.e.ma.su.ka.

不好意思，可以幫忙拍照嗎？

B：いいですよ。
i.i.de.su.yo.

可以喔。

例句

一緒に写真を撮ってもらえますか？
i.ssho.ni.sha.shi.n.o.to.tte.mo.ra.e.ma.su.ka.

可以請你跟我一起拍照嗎？

教えてください
お
o.shi.e.te.ku.da.sa.i.

請告訴我

(説明)

「～てください」是「請～」的意思，例如「請吃」就是「食べてください」。
た

(會話)

A：嫌いな食べ物を教えてください。
きら　　た　もの　おし
ki.ra.i.na.ta.be.mo.no.o.o.shi.e.te.ku.da.sa.i.

請告訴我你不喜歡吃的食物。

B：ピーマンが嫌いです。
きら
pi.i.ma.n.ga.ki.ra.i.de.su.

我不喜歡青椒。

(例句)

お勧めのドラマを教えてください。
すす　　　　　　　　　おし
o.su.su.me.no.do.ra.ma.o.o.shi.e.te.ku.da.sa.i.

請告訴我你推薦的電視劇。

頂　戴
ちょうだい
cho.u.da.i.
給我

説明

　　適合用在家人或朋友間的對話，語氣比較親暱，常在向對方撒嬌時使用。

會話 1

A：お母さん、お小遣いを頂戴。
o.ka.a.sa.n. /o.ko.zu.ka.i.o.cho.u.da.i.

媽媽，給我零用錢嘛。

B：駄目。
da.me.

不行。

會話 2

A：おやつ、頂戴。
o.ya.tsu. /cho.u.da.i.

給我點心。

B：はいはい、どうぞ。
ha.i.ha.i. /do.u.zo.

好好，請用。

許してください
yu.ru.shi.te.ku.da.sa.i.
請原諒…

説明

請求對方原諒自己或其他人。

會話

A：すみません、許してください。
su.mi.ma.se.n. /yu.ru.shi.te.ku.da.sa.i.

對不起，請原諒我。

B：しょうがないな。許すよ。
sho.u.ga.na.i.na. /yu.ru.su.yo.

真拿你沒轍，原諒你啦。

例句

雅人くんはわざとじゃないんだから、許し
てあげて。
ma.sa.to.ku.n. wa. wa.za.to. ja.na.i.n. da.ka.ra. /
yu.ru.shi.te.a.ge.te.

雅人不是故意的，你就原諒他吧。

気にしないでください

き

ki.ni.shi.na.i.de.ku.da.sa.i.

請別放在心上

説明

對方是平輩或晚輩時，簡略地説「気にしない

き

で」即可。

會話

A：ごめんなさい、私のせいです。

わたし

go.me.n.na.sa.i./wa.ta.shi.no.se.i.de.su.

對不起，是我的錯。

B：別にいいですよ。気にしないでください。

べつ　　　　　　　　　　き

be.tsu.ni.i.i.de.su.yo./ki.ni.shi.na.i.de.ku.da.

sa.i.

沒關係啦，請不要在意。

例句

私の事は気にしないで。

わたし　こと　き

wa.ta.shi.no.ko.to.wa.ki.ni.shi.na.i.de.

別在意我沒關係。

どうぞ

do.u.zo.

請

説明

　　請對方作某個動作時，就算只説「どうぞ」沒有説出動詞，對方也能大致明瞭意思。

會話

A：良かったら、ケーキをどうぞ。
yo. ka. tta. ra. /ke. i. ki. o. do. u. zo.

如果不嫌棄的話，請吃蛋糕。

B：それじゃ、いただきます。
so. re. ja. /i. ta. da. ki. ma. su.

那麼，我就開動了

例句

どうぞおかけください。
do. u. zo. o. ka. ke. ku. da. sa. i.

請坐。

お会計お願いします
かいけい ねが

o.ka.i.ke.i.o.ne.ga.i.shi.ma.su.

麻煩結帳

說明

買單付帳時除了本句，也可以說「お勘定を
お願いします」這一句。

會話

A：すみません、お会計お願いします。
su.mi.ma.se.n./o.ka.i.ke.i.o.ne.ga.i.shi.ma.su.

不好意思，麻煩結帳。

B：はい、少々お待ちください。
ha.i./sho.u.sho.u.o.ma.chi.ku.da.sa.i.

好的，請稍等。

例句

お会計は別々でお願いします。
o.ka.i.ke.i.wa.be.tsu.be.tsu.de.o.ne.ga.i.shi.
ma.su.

我們要分開付帳。

お持ち帰りでお願いします
o.mo.chi.ka.e.ri.de.o.ne.ga.i.shi.

ma.su.

我要外帶

説明

　　店員常會詢問顧客要外帶還是內用。如果是要內用的話，就可以對店員說「ここで食べます」。

會話

A：こちらでお召し上がりですか？それとも、お持ち帰りですか？

ko.chi.ra.de.o.me.shi.a.ga.ri.de.su.ka. /so.re. to.mo. /o.mo.chi.ka.e.ri.de.su.ka.

請問要內用還是外帶？

B：お持ち帰りでお願いします。

o.mo.chi.ka.e.ri.de.o.ne.ga.i.shi.ma.su.

我要外帶。

例句

焼肉弁当一つお持ち帰りでお願いします。

ya.ki.ni.ku.be.n.to.u.hi.to.tsu.o.mo.chi.ka.e.ri. de.o.ne.ga.i.shi.ma.su.

我要一個烤肉便當外帶。

おかわりお願いします

o.ka.wa.ri.o.ne.ga.shi.ma.su.

麻煩再來一碗

説明

　　麻煩對方幫忙續杯或再來一份食物。對象是家人朋友的話，通常簡略只說「おかわり」。

會話

A：すみません、お茶のおかわりをお願いします。

su.mi.ma.se.n/o.cha.no.o.ka.wa.ri.o.o.ne.ga.i.shi.ma.su.

不好意思，麻煩再給我一杯茶。

B：はい、少々お待ちください。

ha.i./sho.u.sho.u.o.ma.chi.ku.da.sa.i.

好的，請稍候。

例句

ご飯と味噌汁はおかわり出来るんですか？

go.ha.n.to.mi.so.shi.ru.wa.o.ka.wa.ri.de.ki.ru.n.de.su.ka.

飯跟味噌湯可以續嗎？

付き合ってください
tsu.ki.a.tte.ku.da.sa.i.
請跟我交往

説明

　　除了請對方跟自己交往外，還有另外一個意思是請對方陪伴自己共同行動。

會話

A：僕と結婚を前提に、付き合ってください。

bo.ku.to.ke.kko.n.o.ze.n.te.i.ni./tsu.ki.a.tte.ku.da.sa.i.

請以結婚為前提跟我交往。

B：好きな人がいるので、ごめんなさい。

su.ki.na.hi.to.ga.i.ru.no.de./go.me.n.na.sa.i.

因為我有喜歡的人了，所以很抱歉。

例句

放課後、買い物に付き合って。

ho.u.ka.go./ka.i.mo.no.ni.tsu.ki.a.tte.

放學之後，陪我去買東西吧。

任せてください
ま か
ma.ka.se.te.ku.da.sa.i.
請交給我

説明

認為自己能解決，請對方把事情交給自己。

會話1

A：何だかパソコンの調子が悪いみたいです。
なん　　　　　　　　　　ちょうし　わる

na. n. da. ka. pa. so. ko. n. no. cho. u. shi. ga. wa. ru. i. mi. ta. i. de. su.

總覺得電腦的狀況好像不太好。

B：パソコンの事なら、私に任せてください。
こと　　　　わたし　まか

pa. so. ko. n. no. ko. to. na. ra. /wa. ta. shi. ni. ma. ka. se. te. ku. da. sa. i.

凡是跟電腦有關的事情，請交給我來解決。

會話2

A：ここは俺に任せて、お前らは先に行け！
おれ　まか　　　　　まえ　さき　い

ko. ko. wa. o. re. ni. ma. ka. se. te. /o. ma. e. ra. wa. sa. ki. ni. i. ke.

這裡就交給我，你們先走吧！

B：分かった、後は頼むぞ！
わ　　　　あと　たの

wa. ka. tta. /a. to. wa. ta. no. mu. zo.

知道了，之後就拜託你了！

元気を出してください

げんき だ

ge.n.ki.o.da.shi.te.ku.da.sa.i.

請打起精神

説明

鼓勵對方，希望對方趕快恢復精神。

會話 1

A：またバイトの面接に落ちました。
めんせつ お

ma. ta. ba. i. to. no. me. n. se. tsu. ni. o. chi. ma. shi. ta.

打工面試又沒上。

B：元気を出してください。
げんき だ

ge. n. ki. o. da. shi. te. ku. da. sa. i.

請打起精神。

會話 2

A：また上司に怒られました。
じょうし おこ

ma. ta. jo. u. shi. ni. o. ko. ra. re. ma. shi. ta.

又被上司罵了。

B：お茶を飲んで、元気を出してください。
ちゃ の げんき だ

o. cha. o. no. n. de. /ge. n. ki. o. da. shi. te. ku. da. sa. i.

喝杯茶，打起精神吧。

頑張ってください

がんば

ga.n.ba.tte.ku.da.sa.i.

請加油

説明

這句話大家應該耳熟能詳，就是為對方加油打氣的意思。

會話 1

あした　　しあい　　がんば
A：明日の試合、頑張ってください。

a. shi. ta. no. shi. a. i. /ga. n. ba. tte. ku. da. sa. i.

明天的比賽加油。

がんば
B：はい、頑張ります。

ha. i. /ga. n. ba. ri. ma. su.

好的，我會努力的。

會話 2

すこ　　がんば
A：もう少し頑張ってください。

mo. u. su. ko. shi. ga. n. ba. tte. ku. da. sa. i.

請再稍微努力一下。

いちど
B：はい、もう一度やってみます。

ha. i. /mo. u. i. chi. do. ya. tte. mi. ma. su.

好的，我再試一次看看。

遠慮しないでください

e.n.ryo.shi.na.i.de.ku.da.sa.i.

請不要客氣

説明

「遠慮」是「客氣、謝絕」的意思，整句是請對方不要拘謹的意思。

會話

A：どうぞ、遠慮しないでください。

do.u.zo. / e.n.ryo.shi.na.i.de.ku.da.sa.i.

請用，不要客氣。

B：それじゃ、お言葉に甘えさせていただきます

so.re.ja. / o.ko.to.ba.ni.a.ma.e.sa.se.te.i.ta.da.ki.ma.su.

那麼我就恭敬不如從命了。

例句

何かあったら、遠慮しないで、いつでも電話してきてください。

na.ni.ka.a.tta.ra. / e.n.ryo.shi.na.i.de. / i.tsu.de.mo.de.n.wa.shi.te.ki.te.ku.da.sa.i.

有什麼事情的話，請不用客氣，隨時打電話給我。

考え直してください

ka.n.ga.e.na.o.shi.te.ku.da.sa.i.

請重新考慮

説明

　　請求對方再慎重地重新思考一次，希望藉此對方改變目前的想法或作法。

會話

A：もう一度 考え直してください。お願いします。

mo.u.i.chi.do.ka.n.ga.e.na.o.shi.te.ku.da.sa.i./o.ne.ga.i.shi.ma.su.

請再重新考慮一次，拜託了。

B：そこまで言うなら、考え直してみよう。

so.ko.ma.de.i.u.na.ra./ka.n.ga.e.na.o.shi.te.mi.yo.u.

既然你都這麼説了，那我就試著重新考慮吧。

例句

是非、考え直してください。

ze.hi./ka.n.ga.e.na.o.shi.te.ku.da.sa.i.

請務必重新考慮。

ちょっと 考えさせてください

cho.tto.ka.n.ga.e.sa.se.te.ku.da.sa.i.

請讓我考慮一下

説明

請對方再給自己多一點時間思考。

會話

A：どれを注文する？

do.re.o.chu.u.mo.n.su.ru.

你要點哪個？

B：どれも美味しそうだから、もうちょっと
考えさせて。

do.re.mo.o.i.shi.so.u.da.ka.ra./mo.u.cho.tto.
ka.n.ga.e.sa.se.te.

每個看起來都很好吃，再讓我想一下。

例句

ゆっくり考えさせてください。

yu.kku.ri.ka.n.ga.e.sa.se.te.ku.da.sa.i.

請讓我慢慢考慮。

ちょっと待ってください

cho.tto.ma.tte.ku.da.sa.i.

請稍微等一下

説明

「ちょっと」是「稍微、有點」的意思，就是請對方等一下的意思。

會話 1

A：すみません、ちょっと待ってください。
su.mi.ma.se.n./cho.tto.ma.tte.ku.da.sa.i.

不好意思，請稍等一下。

B：焦らなくてもいいですよ。
a.se.ra.na.ku.te.mo.i.i.de.su.yo.

不用著急沒關係。

會話 2

A：皆が待ってるぞ。早く！
mi.n.na.ga.ma.tte.ru.zo./ha.ya.ku.

大家在等了喔，趕快！

B：ちょっと待って。すぐ行くから。
cho.tto.ma.tte./su.gu.i.ku.ka.ra.

請稍微等一下。我馬上就去。

～を貸してください

o.ka.shi.te.ku.da.sa.i.

請借我…

説明

　　舉凡向對方借筆、借書、借錢等等，都可以使用這個句子。

會話 1

A：ペンを貸してください。
pe.n.o.ka.shi.te.ku.da.sa.i.

請借我筆。

B：どうぞ。
do.u.zo.

請用。

會話 2

A：力を貸してください。
chi.ka.ra.o.ka.shi.te.ku.da.sa.i.

請助我一臂之力。

B：分かりました。手伝います。
wa.ka.ri.ma.shi.ta./te.tsu.da.i.ma.su.

我知道了。我會幫忙。

～を見せてください

o.mi.se.te.ku.da.sa.i.

請讓我看…

説明

這句話是請對方讓自己看某個東西的意思。

會話 1

A：この 間 撮った写真を見せて。

ko. no. a. i. da. to. tta. sha. shi. n. o. mi. se. te.

請給我看之前拍的照片。

B：いいよ。

i. i. yo.

好啊。

會話 2

A：パスポートを見せてください。

pa. su. po. o. to. o. mi. se. te. ku. da. sa. i.

請讓我看你的護照。

B：はい。

ha. i.

好

止めてください

ya.me.te.ku.da.sa.i.

請停止

説明

請對方停止、放棄某種行為或習慣。

會話 1

A：健康のために、タバコを止めてください。
ke.n.ko.u.no.ta.me.ni. /ta.ba.ko.o.ya.me.te.ku.da.
sa.i.

為了健康，請戒菸。

B：でも、なかなか止められないんです。
de.mo. /na.ka.na.ka.ya.me.ra.re.na.i.n.de.su.

但是，很難戒掉啊。

會話 2

A：冗談は止めてよ。
jo.u.da.n.wa.ya.me.te.yo.

別開玩笑了。

B：ごめん、悪気はないんだ。
go.me.n. /wa.ru.gi.wa.na.i.n.da.

抱歉，我沒有惡意。

助けてください

た**す**

ta.su.ke.te.ku.da.sa.i.

請幫忙 / 援救

説明

從芝麻綠豆的小事到人命關天的大事都適合使用這句話。

會話 1

A：助けて！

た**す**

ta.su.ke.te.

救我！

B：今助けに行くから、待ってろ！

いま**たす** い ま

i.ma.ta.su.ke.ni.i.ku.ka.ra./ma.tte.ro.

我現在就去救你，等我！

會話 2

A：パソコンが壊れたみたい！助けて！

こわ た**す**

pa.so.ko.n.ga.ko.wa.re.ta.mi.ta.i./ta.su.ke.te.

電腦好像壞掉了！幫我！

B：しょうがないな。

sho.u.ga.na.i.na.

真拿你沒辦法。

勝手にしなさい

かって

ka.tte.ni.shi.na.sa.i.

隨便你

説明

「勝手」有「任意、為所欲為」的意思。本句
かって
是女性用語，男生的話會説「勝手にしろ」。
かって

會話 1

A：勝手にしなさい。もう知らないわ。

かって　　　　　　　　　　し

ka. tte. ni. shi. na. sa. i. /mo. u. shi. ra. na. i. wa.

隨便你啦。我懶得管你。

B：そんなつれない事言わないでよ。

ことい

so. n. na. tsu. re. na. i. ko. to. i. wa. na. i. de. yo.

別説這麼冷漠的話嘛。

會話 2

A：これ買ってもいい？

か

ko. re. ka. tte. mo. i. i.

我可以買這個嗎？

B：うるさい！もう勝手にしろ。

かって

u. ru. sa. i. /mo. u. ka. tte. ni. shi. ro.

煩死了！隨便你啦。

落ち込むな
o.chi.ko.mu.na.
別沮喪

説明

本句為較口語的男性用語，女性口語較常説
「落ち込まないで」。

會話 1

A：落ち込むな！まだまだチャンスはあるよ
o. chi. ko. mu. na. /ma. da. ma. da. cha. n. su. wa. a. ru. yo.

別沮喪，還有很多機會的。

B：励ましてくれて、ありがとう。
ha. ge. ma. shi. te. ku. re. te. /a. ri. ga. to. u.

謝謝你鼓勵我。

會話 2

A：落ち込まないで。
o. chi. ko. ma. na. i. de.

不要沮喪。

B：ありがとう。もう一度頑張ってみる。
a. ri. ga. to. u. /mo. u. i. chi. do. ga. n. ba. tte. mi. ru.

謝謝，我會再努力一次看看的。

5 Minute Japanese - Conversation Practice

ONE DAY

5 分鐘
搞定
日語會話

■□■ 超速！日本語会話マスター ■□■

Chapter.09

約定

5 Minute Japanese Conversation Practice

空いています
あ

a.i.te.i.ma.su.

有空

説明

除了可以用來表示時間上有空，也可以用來表示「有空位」。

會話

A：明日空いてる？
あした あ

a.shi.ta.a.i.te.ru.

明天有空嗎？

B：午後なら、空いてるんだけど。
ご ご あ

go.go.na.ra./a.i.te.ru.n.da.ke.do.

下午的話，倒是有空。

例句

この席は空いていますか？
せき あ

ko.no.se.ki.wa.a.i.te.i.ma.su.ka.

這個位子有人坐嗎？

もうすぐ連休（れんきゅう）です

mo.u.su.gu.re.n.kyu.u.de.su.

連續假期就快到了

説明

「もうすぐ」是副詞，有「馬上、將要」之意。

會話

A：もうすぐ連休（れんきゅう）だけど、何処（どこ）か出掛（でか）ける予定（よてい）はあるの？

mo.u.su.gu.re.n.kyu.u.da.ke.do/do.ko.ka.de.ka.ru.yo.te.i.wa.a.ru.no.

連續假期快到了，你有預計要去哪裡嗎？

B：そうだね、できれば、海外旅行（かいがいりょこう）に行（い）きたいな。

so.u.da.ne./de.ki.re.ba./ka.i.ga.i.ryo.ko.u.ni.i.ki.ta.i.na.

嗯，可以的話，我想去國外旅行。

例句

もうすぐ決勝戦（けっしょうせん）です。お互（たが）いに頑張（がんば）りましょう。

mo.u.su.gu.ke.ssho.u.se.n.de.su./o.ta.ga.i.ni.ga.n.ba.ri.ma.sho.u.

很快就到決賽了，我們互相加油吧。

一緒に行きましょう

いっしょ　い

i.ssho.ni.i.ki.ma.sho.u.

一起去吧

説明
「一緒に」是邀請對方一起行動的意思。
いっしょ

會話1

A：一緒に行きましょう！
いっしょ　い
i.ssho.ni.i.ki.ma.sho.u.

一起去吧！

B：はい。
ha.i.

好。

會話2

A：一緒に写真を撮りましょう。
いっしょ　しゃしん　と
i.ssho.ni.sha.shi.no.to.ri.ma.sho.u.

一起拍照吧。

B：いいですよ。
i.i.de.su.yo.

好啊。

行きたいです
i.ki.ta.i.de.su.
想去

説明

動詞加「たい」就是「想進行某種動作」之意。

會話

A：買い物に行きたいんだけど、付き合って
くれる？

ka. i. mo. no. ni. i. ki. ta. i. n. da. ke. do. /tsu. ki. a. tte.
ku. re. ru.

我想去買東西，可以陪我嗎？

B：これからちょっと用事があるので、ごめ
んね。

ko. re. ka. ra. cho. tto. yo. u. ji. ga. a. ru. no. de. /go. me.
n. ne.

因為我等一下有點事，真不好意思呢。

例句

海外旅行に行きたいけど、時間もお金もな
い。

ka. i. ga. i. ryo. ko. u. ni. i. ki. ta. i. ke. do. /ji. ka. n. mo.
o. ka. ne. mo. na. i.

雖然我想去國外旅行，但是沒有時間也沒有錢。

用事があります
よ う じ
yo.u.ji.ga.a.ri.ma.su.
有事

説明

　　要拒絕對方時又想不出理由拒絕的時候，就可以籠統地説我有事來婉拒。

會話

A： 今、ちょっといいですか？

i.ma. /cho.tto. i. i.de.su.ka.

現在方便嗎？

B： えっと、これから用事があるので、すみません。
e.tto. /ko.re.ka.ra.yo.u. ji.ga. a.ru.no.de. /su.mi.ma.se.n.

呃，我待會有事，不好意思。

例句

用事があるので、お先に失礼します。
yo.u. ji.ga. a.ru.no.de. /o.sa.ki.ni.shi.tsu.re. i.shi.ma.su.

因為我還有事，要先離開了。

楽しみにしています
ta.no.shi.mi.ni.shi.te.i.ma.su.
很期待

説明

熱切希望某件事情可以盡快到來或者發生。

會話

A：またいつか会える日を楽しみにしています。

ma.ta.i.tsu.ka.a.e.ru.hi.wo.ta.no.shi.mi.ni.shi. te.i.ma.su.

很期待某天可以再見到你。

B：私もです。

wa.ta.shi.mo.de.su.

我也是。

例句

クリスマスパーティーを楽しみにしています。

ku.ri.su.ma.su.pa.a.ti.i.o.ta.no.shi.mi.ni.shi. te.i.ma.su.

我很期待聖誕節派對。

Track
134

どうやって行（い）きますか？

do.u.ya.tte.i.ki.ma.su.ka.

怎麼去？

説明

「どうやって」是「怎麼做」的意思。

會話 1

A：明日（あした）はどうやって遊園地（ゆうえんち）に行（い）く？

a.shi.ta.wa.do.u.ya.tte.yu.u.e.n.chi.ni.i.ku.

明天要怎麼去遊樂園？

B：車（くるま）で行（い）くのはどう？

ku.ru.ma.de.i.ku.no.wa.do.u.

開車去怎麼樣？

會話 2

A：ここから駅（えき）までどうやって行（い）くか、教（おし）えて下（くだ）さい。

ko.ko.ka.ra.e.ki.ma.de.do.u.ya.tte.i.ku.ka./o.shi.e.te.ku.da.sa.i.

請告訴我要怎麼從這裡到車站。

B：あのバスに乗（の）れば行（い）けます。

a.no.ba.su.ni.no.re.ba.i.ke.ma.su.

搭那輛巴士就會到喔。

約束ですよ

やくそく

ya.ku.so.ku.de.su.yo.

約好了喔

説明

向對方再次確認彼此確實約定好了。

會話 1

A：それじゃ、約束ですよ。

so. re. ja. /ya. ku. so. ku. de. su. yo.

那麼，我們約好了喔。

B：ええ、約束です。

e. e. /ya. ku. so. ku. de. su.

嗯，約好了。

會話 2

A：約束だよ。後悔しても無駄だよ。

ya. ku. so. ku. da. yo. /ko. u. ka. i. shi. te. mo. mu. da.
da. yo.

約好了喔，你後悔也沒用了。

B：後悔なんてしないよ。

ko. u. ka. i. na. n. te. shi. na. i. yo.

我才不會後悔呢。

もうすぐ着きます

mo.u.su.gu.tsu.ki.ma.su.

很快就到了

説明

告訴對方再過一段時間很快就會抵達。

會話 1

A：もうすぐ着きます。もうちょっと待って
ください。

mo.u.su.gu.tsu.ki.ma.su./mo.u.cho.tto.ma.tte.
ku.da.sa.i.

我很快就會抵達，請再等我一下。

B：はい、分かりました。

ha.i./wa.ka.ri.ma.shi.ta.

好的，我知道了。

會話 2

A：何時頃帰ってくる？

na.n.ji.go.ro.ka.e.tte.ku.ru.

你大概幾點要回來？

B：もうすぐ家に着くよ。

mo.u.su.gu.i.e.ni.tsu.ku.yo.

我很快就到家囉。

遅れて、すみません

おく

o.ku.re.te./su.mi.ma.se.n.

來遲了，很抱歉

説明

見面時來得晚，或者報告遲交、回信回晚了等延遲的情況下，可以使用本句。

會話 1

A：メールの返事が遅れて、すみません。

へんじ　　　おく

me.e.ru.no.he.n.ji.ga.o.ku.re.te./su.mi.ma.se.n.

E-mail 的回信晚了，很抱歉。

B：気にしないでください。

き

ki.ni.shi.na.i.de.ku.da.sa.i.

別在意。

會話 2

A：遅れて、すみません。

おく

o.ku.re.te./su.mi.ma.se.n.

來晚了，很抱歉。

B：今度は、もう遅刻しちゃだめだからね。

こんど　　　　　　　ちこく

ko.n.do.wa./mo.u.chi.ko.ku.shi.cha.da.me.da.ka.ra.ne.

下次再遲到可不行喔。

私 も来たばかりです

wa.ta.shi.mo.ki.ta.ba.ka.ri.de.su.

我也才剛來

説明

碰面時對方比較晚到，可以客套性地告訴對方自己也一樣才剛到。

會話 1

A：お待たせしました。
o.ma.ta.te.shi.ma.shi.ta.

讓你久等了。

B：私 も来たばかりです。さあ、行きましょう。
wa.ta.shi.mo.ki.ta.ba.ka.ri.de.su./sa.a./i.ki.ma.sho.u.

我也才剛到。嘿，我們走吧

會話 2

A：遅くなって、ごめんなさい。
o.so.ku.na.tte./go.me.n.na.sa.i.

晚到很抱歉。

B：僕も来たばかりなんだ。気にするな。
ba.ku.mo.ki.ta.ba.ka.ri.na.n.da./ki.ni.su.ru.na.

我也才剛到，別在意。

お待たせしました

o.ma.ta.se.shi.ma.shi.ta.

久等了

說明

讓對方久候時，表達自己歉意的一句話。

會話 1

A：すみません、お待たせしました。
su.mi.ma.se.n./o.ma.ta.se.shi.ma.shi.ta.

很抱歉讓你久等了。

B：平気、平気。行きましょう。
he.i.ki./he.i.ki./i.ki.ma.sho.u.

沒事、沒事。我們走吧。

會話 2

A：お待たせ。海鮮パスタが出来たわ。
o.ma.ta.se./ka.i.se.n.pa.su.ta.ga.de.ki.ta.wa.

久等了，海鮮義大利麵做好了。

B：わあ、美味しそう。
wa.a./o.i.shi.so.u.

哇，看起來好好吃。

間<ruby>ま</ruby>に合<ruby>あ</ruby>います

ma.ni.a.i.ma.su.

趕上

説明

意指來得及、趕得上交通工具或截止日期等。

會話 1

A：早<ruby>はや</ruby>く行<ruby>い</ruby>かないと、バスに間に合わないよ。

ha.ya.ku.i.ka.na.i.to./ba.su.ni.ma.ni.a.wa.na.i.yo.

不趕快去的話，會趕不上巴士喔。

B：大変<ruby>たいへん</ruby>！間<ruby>ま</ruby>に合<ruby>あ</ruby>うかな。

ta.i.he.n./ma.ni.a.u.ka.na.

糟糕！我來得及嗎？

會話 2

A：何<ruby>なん</ruby>とか締<ruby>し</ruby>め切<ruby>き</ruby>りに間<ruby>ま</ruby>に合<ruby>あ</ruby>いました。

na.n.to.ka.shi.me.ki.ri.ni.ma.ni.a.i.ma.shi.ta.

勉強趕上截止日期了。

B：今度<ruby>こんど</ruby>は早<ruby>はや</ruby>めに 提 出<ruby>ていしゅつ</ruby>したほうがいいです

よ。

ko.n.do.wa.ha.ya.me.ni.te.i.shu.tsu.shi.ta.ho.u.ga.i.i.de.su.yo.

下次早一點交出去比較好喔。

ぎりぎりです
gi.ri.gi.ri.de.su.

勉勉強強

說明

　　勉強達到目的，再差一點點可能就達不到目的。

會話 1

A：試験の結果はどうでしたか？
shi.ke.n.no.ke.kka.wa.do.u.de.shi.ta.ka.

考試結果怎麼樣？

B：ギリギリセーフでした。
gi.ri.gi.ri.se.e.fu.de.shi.ta.

勉勉強強及格了。

會話 2

A：ぎりぎり終電に間に合った。
gi.ri.gi.ri.shu.u.de.n.ni.ma.ni.a.tta.

勉勉強強趕上最後一班電車。

B：良かった。
yo.ka.tta.

還好有趕上。

時間です
ji.ka.n.de.su.
時間到了

説明

用來提醒對方某件事情的時間到了。

會話 1

A：晩ご飯の時間よ。

ba.n. go. ha. n. no. ji. ka. n. yo.

晚餐時間到了喔。

B：今日の晩ご飯美味しそう。

kyo. u. no. ba. n. go. ha. n. o. i. shi. so. u.

今天的晚餐看起來很好吃。

會話 2

A：時間です。早く行きましょう。

ji. ka. n. de. su. /ha. ya. ku. i. ki. ma. sho. u.

時間到了，趕快走吧。

B：はい、すぐ行きます。

ha. i. /su. gu. i. ki. ma. su.

好，我馬上去。

奢ります
おご

o.go.ri.ma.su.

我請客

説明

表示自掏腰包款待對方。

會話

A：今日は奢りますから、ご飯食べに行きま
きょう　おご　　　　　　　　　　　はんた　　い
しょう。

kyo.u.wa.o.go.ri.ma.su.ka.ra./go.ha.n.ta.be.ni.
i.ki.ma.sho.u.

今天我請客，所以一起去吃飯吧。

B：それじゃ、お言葉に甘えて。
　　　　　ことば　あま
so.re.ja./o.ko.to.ba.ni.a.ma.e.te.

那麼就恭敬不如從命了。

例句

お礼にランチ奢りますよ。
れい　　　　　　おご
o.re.i.ni.ra.n.chi.o.go.ri.ma.su.yo.

我請你吃午餐當作道謝。

あげます

a.ge.ma.su.

給你

説明

有意要把東西交給對方或是贈送。

會話

A：これ、あげます。
ko.re./a.ge.ma.su.

這個給你。

B：えっ、貰っていいんですか？
e./mo.ra.tte.i.i.n.de.su.ka.

咦，我可以收下嗎？

例句

梓 の誕生日プレゼントは何をあげたら、

いいんですか？

a.zu.sa.no.ta.n.jo.u.bi.pu.re.ze.n.to.wa.na.
ni.o.a.ge.ta.ra./i.i.n.de.su.ka.

給小梓的生日禮物要送什麼才好？

トイレに行ってきます

to.i.re.ni.i.tte.ki.ma.su.

去洗手間

説明

　「トイレ」由英文的「toilet」衍生而來，「～に行ってきます」有前往某個地點後會再回來的意思。

會話 1

A：ちょっとトイレに行ってきます。
cho.tto.to.i.re.ni.i.tte.ki.ma.su.

我去一下洗手間。

B：はい。
ha.i.

好的。

會話

A：トイレをお借りしてもいいですか？
to.i.re.o.o.ka.ri.shi.te.mo.i.i.de.su.ka.

可以借用一下洗手間嗎？

B：どうぞ。
do.u.zo.

請用。

割り勘にしましょう

wa.ri.ka.n.ni.shi.ma.sho.u.

各付各的吧

説明

建議大家各自負擔自己的花費。

會話 1

A：割り勘にしましょうか？

wa. ri. ka. n. ni. shi. ma. sho. u. ka

我們各付各的吧？

B：ええ、いいですよ。

e. e. / i. i. de. su. yo.

嗯，好啊。

會話 2

A：割り勘でいい。

wa. ri. ka. n. de. i. i.

我們各付各的就好。

B：奢るから、遠慮はいらない。

o. go. ru. ka. ra. / e. n. ryo. wa. i. ra. na. i.

我請客，不要客氣。

そろそろ行かないと

so.ro.so.ro.i.ka.na.i.to.

得趕快走了

説明

　婉轉地告訴對方自己要先行離開。

會話

A：この後友達と約束があるので、そろそ
ろ行かないと。

ko.no.a.to.to.mo.da.chi.to.ya.ku.so.ku.ga.a.ru.
no.de/so.ro.so.ro.i.ka.na.i.to.

不好意思，我等一下跟朋友有約，我得趕快走了。

B：気をつけていってらっしゃい。

ki.o.tsu.ke.te.i.tte.ra.ssha.i.

路上請小心。

例句

そろそろ行かないと、終電に間に合わない
ので、お先に失礼します。

so.ro.so.ro.i.ka.na.i.to/shu.u.de.n.ni.ma.ni.a.wa.
na.i.no.de./o.sa.ki.ni.shi.tsu.re.i.shi.ma.su.

**我得趕快走了，不然會趕不上最後一班電車，先告
辭了。**

～まで送り**送**ります

ma.de.o.ku.ri.ma.su.

送到…

説明

　　陪別人走到某地，或者使用交通工具送別人到某個地點。

會話 1

A：駅まで送ります**送**りますよ。
e.ki.ma.de.o.ku.ri.ma.su.yo.

我送你到車站吧。

B：ありがとうございます。
a.ri.ga.to.u.go.za.i.ma.su

謝謝。

會話 2

A：車 で家まで送りましょうか？
ku.ru.ma.de.i.e.ma.de.o.ku.ri.ma.sho.u.ka.

我開車送你到家吧？

B：大丈夫です、一人で歩けますから。
da.i.jo.u.bu.de.su.／hi.to.ri.de.a.ru.ke.ma.su.ka.ra.

沒問題，我可以一個人走回家。

また今度

ma.ta.ko.n.do.

下次再約吧 / 下次見

説明

　　被對方邀請時碰巧沒辦法去，就可以說有機會下次再約吧。

會話 1

A：一緒にご飯を食べに行かない？
i.ssho.ni.go.ha.no.ta.be.ni.i.ka.na.i.

要不要一起去吃飯？

B：約束があるから、ごめんね。また今度。
ya.ku.so.ku.ga.a.ru.ka.ra./go.me.n.ne./ma.ta.
ko.n.do.

我有約了，真抱歉。下次吧。

會話 2

A：用事があるなら、仕方がありませんね。
yo.u.ji.ga.a.ru.na.ra./shi.ka.ta.ga.a.ri.ma.se.
n.ne.

有事情的話，那就沒辦法了。

B：また今度誘ってください。
ma.ta.ko.n.do.sa.so.tte.ku.da.sa.i.

下次請再約我。

後で電話します

あと　　でんわ

a.to.de.de.n.wa.shi.ma.su.

等一下打電話給你

説明

　　「後で」是「稍後」的意思，跟對方約定稍後
打電話。

會話 1

A：後で電話します。

a.to.de.de.n.wa.shi.ma.su.

等一下打電話給你。

B：はい、お電話待っています。

ha.i./o.de.n.wa.ma.tte.i.ma.su.

好，我等你的電話。

會話 2

A：それじゃ、また電話するよ。お休み。

so.re.ja./ma.ta.de.n.wa.su.ru.yo./o.ya.su.mi.

就這樣啦，我會再打電話給你的，晚安。

B：お休み。

o.ya.su.mi.

晚安。

Chapter.10

推測及其他

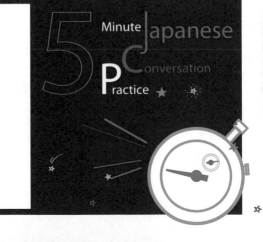

5 Minute Japanese Conversation Practice

多分
ta.bu.n.
大概

說明

　　表示推測，通常是在自己對推測沒什麼把握的情況下使用。

會話 1

A：斉藤さんは明後日のイベントに来ますか？

sa. i. to. u. sa. n. wa. a. sa. tte. no. i. be. n. to. ni. ki. ma. su. ka.

齊藤先生會來後天的活動嗎？

B：多分来ないでしょう。

ta. bu. n. ko. na. i. de. sho. u.

大概不會來吧。

會話 2

A：この本は綾野さんのですか。

ko. no. ho. n. wa. a. ya. no. sa. n. no. de. su. ka.

那本書是綾野的書嗎？

B：多分。

ta. bu. n.

大概吧。

かもしれません
ka.mo.shi.re.ma.se.n.
可能

説明

　　表示推測語氣，多用於句尾，口語中有時會省略只説「かも」。

會話

A：明日は用事があるので、少し遅れるかもしれないんだけど。
a.shi.ta.wa.yo.u.ji.ga.a.ru.no.de./su.ko.shi.o.ku.re.ru.ka.mo.shi.re.na.i.n.da.ke.do.

明天有事，可能會晚點到。

B：ゆっくりでいいよ、別に急いでないから。
yu.kku.ri.de.i.i.yo./be.tsu.ni.i.so.i.de.na.i.ka.ra.

你慢慢來沒關係，反正我不急。

例句

彼は来年結婚するかも。
ka.re.wa.ra.i.ne.n.ke.kko.n.su.ru.ka.mo.

他明年可能會結婚。

でしょう

de.sho.u.

會…吧

説明

比起同樣是推測語氣的「かもしれません」確定性更高一點。

會話

A：明日、彼は来るでしょう。

a. shi. ta. /ka. re. wa. ku. ru. de. sho. u.

明天他會來吧

B：さあ、どうでしょうね。

sa. a. /do. u. de. sho. u. ne.

誰知道會怎麼樣呢。

例句

明日は雨が降るでしょう。

a. shi. ta. wa. a. me. ga. fu. ru. de. sho. u.

明天應該會下雨吧。

そう言えば
so.u.i.e.ba.
説到這個

説明

　　當對方提到某事，自己聽到後聯想到某話題。

會話

A：玲奈ちゃんへのプレゼントは何がいいかな？

re. na. cha. n. e. no. pu. re. ze. n. to. wa. na. ni. ga. i. i. ka. na.

給玲奈的禮物要送什麼才好呢？

B：そう言えば、縫いぐるみが好きって言ってたよね。

so. u. i. e. ba. /nu. i. gu. ru. mi. ga. su. ki. tte. i. tte. ta. yo. ne

説到這個，她好像有説過她喜歡布娃娃耶。

例句

そう言えば、遊園地のチケットを二枚貰ったんだけど、行く？

so. u. i. e. ba. /yu. u. e. n. chi. no. chi. ke. tto. o. ni. ma. i. mo. ra. tta. n. da. ke. do. /i. ku.

説到這個，我拿到兩張遊樂園門票，要去嗎？

やはり

ya.ha.ri.

果然

説明

這句話在口語中常常說成「やっぱり」。

會話 1

A：やはり 私 は間違ってたんですか？
ya. ha. ri. wa. ta. shi. wa. ma. chi. ga. tte. ta. n. de. su. ka.

果然是我搞錯了嗎？

B：そうかもしれませんね。
so. u. ka. mo. shi. re. ma. se. n. ne.

也許是這樣呢。

會話 2

A：僕はやっぱり猫が好きです。
bo. ku. wa. ya. ppa. ri. ne. ko. ga. su. ki. de. su.

我果然還是喜歡貓。

B： 私 もです。
wa. ta. shi. mo. de. su.

我也是。

当たり前です

あ　　　まえ

a.ta.ri.ma.e.de.su.

理所當然

說明

　　跟中文用法相同，用來表示某件事情很合理、很正常，沒有不妥之處。

會話

A：新人が先輩に奢るのは当たり前ですか？

しんじん　　せんぱい　　おご　　　　　　　あ　　　まえ

shi. n. ji. n. ga. se. n. pa. i. ni. o. go. ru. no. wa. a. ta. ri. ma. e. de. su. ka.

新人請前輩吃東西是理所當然的嗎？

B：それは 難 しい質問ですね。

むずか　　　しつもん

so. re. wa. mu. zu. ka. shi. i. shi. tsu. mo. n. de. su. ne.

這個問題很難回答呢。

例句

困った人を助けるのは当たり前だと思います。

こま　　　ひと　たす　　　　　　　あ　　まえ　　　おも

ko. ma. tta. hi. to. o. ta. su. ke. ru. no. wa. a. ta. ri. ma. e. da. to. o. mo. i. ma. su.

我認為幫忙有困難的人是理所當然的。

雨が降りそうです
あめ ふ

a.me.ga.fu.ri.so.u.de.su.

好像會下雨

説明

　　依據天氣的樣子，覺得有可能會下雨。

會話 1

A：雨が降りそうです。
　　あめ ふ

a.me.ga.fu.ri.so.u.de.su

好像會下雨。

B：傘を持って行ったほうがいいですよ。
　　かさ も い

ka.sa.o.mo.tte.i.tta.ho.u.ga.i.i.de.su.yo

帶傘出門比較好吧。

會話 2

A：雪が降りそうだ。
　　ゆき ふ

yu.ki.ga.fu.ri.so.u.da

好像會下雪。

B：わい、雪だるまを作りたい。
　　ゆき つく

wa.i./yu.ki.da.ru.ma.o.tsu.ku.ri.ta.i

哇，我想做雪人。

なんてね

na.n.te.ne.

…才怪

説明

跟對方開個小玩笑時，在句子最後面加「なんてね」，表示剛剛說的都是玩笑話，要對方別當真。

會話

A：今まで言えなかったけど、実は俺宇宙
人なんだよ…なんてね。

i.ma.ma.de.i.e.na.ka.tta.ke.do./ji.tsu.wa.o.re.
u.chu.u.ji.n.na.n.da.yo./na.n.te.ne.

雖然到現在都說不出口，但我其實是外星人…才怪。

B：そんなつまらない冗談やめて。

so.n.na.tsu.ma.ra.na.i.jo.u.da.n.ya.me.te.

不要開那種無聊的玩笑啦。

例句

実は私、男なんだ…なんてね、嘘に決ま
ってんじゃん。

ji.tsu.wa.wa.ta.shi./o.to.ko.na.n.da. /na.n.te.
ne./u.so.ni.ki.ma.tte.n.ja.n.

其實我是男的…才怪，當然是騙你的啊。

ついでに

tsu.i.de.ni.

順便

説明

表示做某動作時，順便或順路做其他事情。

會話

A：コンビニに行きますけど、何か買ってきましょうか？

ko.n.bi.ni.ni. i.ki.ma.su.ke.do. /na.ni.ka.ka.tte.
ki.ma.sho.u.ka.

我要去超商，要順便幫你買東西嗎？

B：ついでに缶コーヒーを買ってきてくれると、嬉しいです。

tsu. i. de. ni. ka. n. ko. o. hi. i. o. ka. tte. ki. te. ku. re.
ru. to. /u. re. shi. i. de. su.

如果你可以順便買罐裝咖啡給我的話，我會很開心的。

例句

上司が出張のついでに、お土産を買ってきてくれた。

jo. u. shi. ga. shu. ccho. u. no. tsu. i. de. ni. /o. mi. ya. ge.
o. ka. tte. ki. te. ku. re. ta.

上司出差時順便買了伴手禮回來。

教室にいます
きょうしつ
kyo.u.shi.tsu.ni.i.ma.su.

在教室裡

説明

地點加上「にいます」就是表示人或動物等生命體在某個地點的意思。

會話

A：今、何処にいますか？
いま どこ
i.ma./do.ko.ni.i.ma.su.ka.

你現在在哪裡？

B：今バスの中にいます。すぐ着くと思うので、ちょっと待ってください。
いま なか つ おも
ま
i.ma.ba.su.no.na.ka.ni.i.ma.su./su.gu.tsu.ku.to.
o.mo.u.no.de./cho.tto.ma.tte.ku.da.sa.i.

我現在在公車上。我想很快就會到了，請稍微等我一下。

例句

先生は教室にいませんよ。
せんせい きょうしつ
se.n.se.i.wa.kyo.u.shi.tsu.ni.i.ma.se.n.yo.

老師不在教室裡喔。

部屋にあります

へ や

he.ya.ni.a.ri.ma.su.

在房間裡

說明

　　地點加上「にあります」是表示物品等非生命體在某個地點的意思。

會話

A：私 の腕時計はどこにあるか、知っていますか？
わたし　うでどけい　　　　　　　　　　　　　し

wa.ta.shi.no.u.de.do.ke.i.wa.do.ko.ni.a.ru.ka. / shi.tte.i.ma.su.ka.

你知道我的手錶在哪裡嗎？

B：腕時計なら、テーブルの上にありますよ。
うでどけい　　　　　　　　　　　うえ

u.de.do.ke.i.na.ra. /te.e.bu.ru.no.u.e.ni.a.ri.ma.su.yo.

手錶的話，在桌上喔。

例句

鞄 の中に財布があります。
かばん　なか　さいふ

ka.ba.n.no.na.ka.ni.sa.i.fu.ga.a.ri.ma.su.

書包裡面有錢包。

とにかく
to.ni.ka.ku.
總而言之

説明

遇到難以處理的事情時，為了應付暫時採取某種辦法。

會話

A: ここには一人もいないんですけど、どうすればいいですか？
ko.ko.ni.wa.hi.to.ri.mo.i.na.i.n.de.su.ke.do. /
do.u.su.re.ba.i.i.de.su.ka.

這裡一個人都沒有，我該怎麼辦才好？

B: とにかく、部室に戻ってください。
to.ni.ka.ku. /bu.shi.tsu.ni.mo.do.tte.ku.da.sa.i.

總之，請你先回社團辦公室吧。

例句

とにかく、聞きたい事があるなら、彼に聞いて。
to.ni.ka.ku. /ki.ki.ta.i.ko.to.ga.a.ru.na.ra. /
ka.re.ni.ki.i.te.

總之，如果你有想問的事情，就去問他吧。

さっそく
早速

sa.sso.ku.

馬上

説明

一秒都不想拖延，想趕快進行某件事情。

會話

A：ご飯ができたよ。

go. ha. n. ga. de. ki. ta. yo.

飯煮好了喔。

B：美味しそう。早速食べてみよう。いただ
きます。

o. i. shi. so. u. /sa. sso. ku. ta. be. te. mi. yo. u. /i. ta.
da. ki. ma. su.

好像很好吃，我要趕快吃吃看，開動了。

例句

今日発売のゲームを早速買ってきました。

kyo. u. ha. tsu. ba. i. no. ge. e. mu. o. sa. sso. ku. ka. tte.
ki. ma. shi. ta.

我火速買到今天開賣的遊戲了。

～のために

no.ta.me.ni.

為了…

説明

表示為了目的，願意付諸行動。

會話 1

A：夢_{ゆめ}のために、頑張_{がんば}ります。

yu.me.no.ta.me.ni./ga.n.ba.ri.ma.su.

為了夢想，我會努力。

B：応援_{おうえん}していますから、頑張_{がんば}ってください。

o.u.e.n.shi.te.i.ma.su.ka.ra./ga.n.ba.tte.ku.da.
sa.i.

我會支持你的，請加油。

會話 2

A：大切_{たいせつ}な家族_{かぞく}のために、何_{なん}でもやります。

ta.i.se.tsu.na.ka.zo.ku.no.ta.me.ni./na.n.de.
mo.ya.ri.ma.su.

為了重要的家人，我什麼都肯作。

B：家族想_{かぞくおも}いですね。

ka.zo.ku.o.mo.i.de.su.ne.

你很為家人著想呢。

ぶっちゃけ
bu.ccha.ke.
老實説

説明

常在説負面的實話時使用，或者是説出來之後可能會給對方帶來壞影響時使用。

會話 1

A：ぶっちゃけ、佐藤さんは全然タイプじゃないんだ。

bu.ccha.ke. /sa.to.u.sa.n.wa.ze.n.ze.n.ta.i.pu.ja.na.i.n.da.

老實説，佐藤根本不是我的菜。

B：そうなんだ。

so.u.na.n.da.

是這樣啊。

會話 2

A：お味は如何ですか？

o.a.ji.wa.i.ka.ga.de.su.ka.

味道如何？

B：ぶっちゃけ、美味しくなかったんです。

bu.ccha.ke. /o.i.shi.ku.na.ka.tta.n.de.su.

老實説，不好吃。

相変わらず
あいか

a.i.ka.wa.ra.zu.

一如往常

説明

　　表示現在跟以前一樣沒有什麼太大的改變。

會話 1

A：最近、村崎さんを見かけませんが、元気ですか？
さいきん　　むらさき　　　　み　　　　　　　　　　　　げんき

sa. ki. n. /mu. ra. sa. ki. sa. n. o. mi. ka. ke. ma. se. n. ga. / ge. n. ki. de. su. ka.

最近沒見到村崎，他好嗎？

B：相変わらず元気ですよ。
あいか　　　　げんき

a. i. ka. wa. ra. zu. ge. n. ki. de. su. yo.

跟以前一樣很好啊。

會話 2

A：最近、体調はどう？
さいきん　たいちょう

sa. i. ki. n. /ta. i. cho. u. wa. do. u.

最近身體狀況如何？

B：相変わらずだ。
あいか

a. i. ka. wa. ra. zu. da.

還是老樣子。

いつも
i.tsu.mo.
經常

説明

表示常做的動作或習慣。

會話 1

A：いつも朝コーヒーを飲んでいるよね。
i.tsu.mo.a.sa.ko.o.hi.i.o.no.n.de.i.ru.yo.ne.

你總是早上喝咖啡呢。

B：コーヒーを飲まないと、落ち着かないか
らな。
ko.o.hi.i.o.no.ma.na.i.to./o.chi.tsu.ka.na.i.ka.
ra.na.

不喝咖啡的話，就靜不下心來。

會話 2

A：待ち合わせの場所は？
ma.chi.a.wa.se.no.ba.sho.wa.

要在哪裡碰面？

B：いつもの所。
i.tsu.mo.no.to.ko.ro.

老地方見。

初耳です
ha.tsu.mi.mi.de.su.
第一次聽到

説明

表示因為從來沒過聽過或從來都不曉得某件事情，而對此感到稀奇。

會話

A：それ知ってる？ダイエット効果があるんだって。

so.re.shi.tte.ru. /da.i.e.tto.ko.u.ka.ga.a.ru.n.da.tte.

你聽説過那個嗎？ 聽説有減肥功效。

B：それは初耳だ。

so.re.wa.ha.tsu.mi.mi.da.

我還是第一次聽到。

例句

初耳だわ。もっと早く言ってくれたら、良かったのに。

ha.tsu.mi.mi.da.wa. /mo.tto.ha.ya.ku.i.tte.ku.re.ta.ra. /yo.ka.tta.no.ni.

我是第一次聽到，如果你早一點告訴我的話就好了。

ついに
tsu.i.ni.
終於

説明

　　常用來指經過一段時間，終於完成或達到目標。

會話 1

A：ついに、夢が叶いました！
tsu.i.ni./yu.me.ga.ka.na.i.ma.shi.ta.

我的夢想終於實現了。

B：おめでとう。
o.ne.de.to.u.

恭喜。

會話 2

A：遂に諦めたのか？
tsu.i.ni.a.ki.ra.me.ta.no.ka.

你終於放棄了嗎？

B：仕方なく諦めたんだ。
shi.ka.ta.na.ku.a.ki.ra.me.ta.n.da.

沒有辦法只好放棄了。

いつの間<small>ま</small>にか

i.tsu.no.ma.ni.ka.

不知不覺中

説明

「いつ」是「什麼時候」的意思。整句意思是指在不知不覺間，某件事物已經悄悄地變化。

會話 1

A：いつの間<small>ま</small>にか寝<small>ね</small>てしまった。

i.tsu.no.ma.ni.ka.ne.tte.shi.ma.tta.

不知不覺中睡著了。

B：きっと疲<small>つか</small>れたんでしょう。

ki.tto.tsu.ka.re.ta.n.de.sho.u

你一定是累了。

會話 2

A：いつの間<small>ま</small>にか年<small>とし</small>が明<small>あ</small>けていた。

i.tsu.no.ma.ni.ka.to.shi.ga.a.ke.te.i.ta.

不知不覺中都過年了。

B：時間<small>じかん</small>が経<small>た</small>つのは早<small>はや</small>いな。

ji.ka.n.ga.ta.tsu.no.wa.ha.ya.i.na.

時間過得真快。

今日から…

kyo.u.ka.ra.

從今天起…

説明

「から」是「開始」的意思，前面加上時間或
日期就是指從某個時間點開始。

會話

A：今日から頑張ります。

kyo.u.ka.ra.ga.n.ba.ri.ma.su.

從今天起我要努力。

B：頑張ってくださいね。

ga.n.ba.tte.ku.da.sa.i.

請好好加油喔。

例句

あの番組は来週から再放送するそうで
す。

a.no.ba.n.gu.mi.wa.ra.i.shu.u.ka.ra.sa.i.ho.u.so.
u.su.ru.so.u.de.su.

聽説那個節目從下星期開始會重播。

何だか
な.ん.だ.か
na.n.da.ka.

總覺得

説明

用來敘述連自己都説不出原因的情緒或狀態。

會話 1

A：何だかちょっと寂しいです。
na.n.da.ka.cho.tto.sa.bi.shi.i.de.su.

總覺得有點寂寞。

B：確かに。
ta.shi.ka.ni.

確實。

會話 2

A：何だか疲れたな。
na.n.da.ka.tsu.ka.re.ta.na.

總覺得累了。

B：働き過ぎだろう。
ha.ta.ra.ki.su.gi.da.ro.u.

你工作過度了吧。

似ています
ni.te.i.ma.su.
相似

形容外表、風格等特徵相像。

會話

A：あの二人、顔が似ていると思わない？
a.no.fu.ta.ri./ka.o.ga.ni.te.i.ru.to.o.mo.wa.na.i.

你不覺得那兩個人長得很像嗎？

B：そういえば、似ているね。
so.u.i.e.ba./ni.te.i.ru.ne.

經你這麼一說，很像耶。

例句

先生は誰かに似ているような気がします。
se.n.se.i.wa.da.re.ka.ni.ni.te.i.ru.yo.u.na.ki.ga.
shi.ma.su.

總覺得老師有點像某人。

内緒ですよ
な.い.しょ

na.i.sho.de.su.yo.

要保密喔

説明

希望對方可以守住秘密或瞞著某人，不要把某件事情説出去。

會話 1

A：皆 には内緒だよ。
み.んな　　な.い.しょ

mi.n.na.ni.wa.na.i.sho.da.yo.

不可以告訴大家喔。

B：分かった。誰にも言わない。
わ　　　　だれ　　　い

wa.ka.tta./da.re.ni.mo.i.wa.na.i.

我知道了，我不會告訴任何人。

會話 2

A：嫁に内緒で高いカメラを買ったんだ。
よめ　な.い.しょ　たか　　　　　　か

yo.me.ni.na.i.sho.de.ta.ka.i.ka.me.ra.o.ka.tta.
n.da.

我瞞著老婆買了很貴的相機。

B：ばれたら、大変な事になりそう。
　　　　　たいへん　こと

ba.re.ta.ra./ta.i.he.n.na.ko.to.ni.na.ri.so.u.

如果被發現了，好像會很慘。

秘密です

hi.mi.tsu.de.su.

秘密

説明

意思跟中文的「秘密」大致相同，都是指不願意透漏特定情報給他人。

會話1

A：名前と年齢を教えてください。

na. ma. e. to. ne. n. re. i. o. o. shi. e. te. ku. da. sa. i.

請告訴我妳的名字跟年齡。

B：名前は山田桜、年齢は秘密です。

na. ma. e. wa. ya. ma. da. sa. ku. ra. /ne. n. re. i. wa. hi. mi.
tsu. de. su.

名字是山田櫻，年齡是秘密。

會話2

A：今日の事は秘密にしてね。

kyo. u. no. ko. to. wa. hi. mi. tsu. ni. shi. te. ne.

今天的事情要保密喔。

B：ええ、分かったわ。

e. e. /wa. ka. tta. wa.

嗯，我知道了。

それにしても

so.re.ni.shi.te.mo.

即使如此

説明

聽到對方的説法時，雖然贊同部分説法，但有其他意見時，就可以用這句話表達。

會話 1

A：これは高いけど、美味しいよ。

ko.re.wa.ta.ka.i.ke.do./o.i.shi.i.yo.

這個雖然貴，但很好吃喔。

B：それにしても、値段が高すぎる。

so.re.ni.shi.te.mo./ne.da.n.ga.ta.ka.su.gi.ru.

就算是這樣，價格也太貴了吧。

會話 2

A：河井さんは用事で遅くなるらしい。

ka.wa.i.sa.n.wa.yo.u.ji.de.o.so.ku.na.ru.ra.shi.i.

河井好像有事情會晚到。

B：それにしても、遅すぎる。

so.re.ni.shi.te.mo./o.so.su.gi.ru.

就算是這樣，也太慢了。

何^{なん}となく

na.n.to.na.ku.

不由得 / 無意中

説明

　　沒有特定明確的理由跟目的就做出行動。

會話 1

A：休日^{きゅうじつ}なのに、何^{なん}で会社^{かいしゃ}に行ったの？

kyu.u.ji.tsu.na.no.ni./na.n.de.ka.i.sha.ni.i.tta.

no.

明明是假日，會什麼你會去公司？

B：何^{なん}となく。

na.n.to.na.ku.

無意中就去了。

會話 2

A：何^{なん}で彼氏^{かれし}の事^{こと}が好^すきなの？

na.n.de.ka.re.shi.no.ko.to.ga.su.ki.na.no.

為什麼妳會喜歡妳的男朋友呢？

B：何^{なん}となく好^すき。

na.n.to.na.ku.su.ki.

無意中就喜歡上了。

どうしても
do.u.shi.te.mo.
無論如何

説明

　　不管發生什麼事情都不想退讓，一定要作到某件事情。

會話 1

A：どうしても夢を叶えたいです。
do. u. shi. te. mo. yu. me. o. ka. na. e. ta. i. de. su.

無論如何我都想要完成夢想。

B：お前、本当に負けず嫌いだな。
o. ma. e. /ho. n. to. u. ni. ma. ke. zu. gi. ra. i. da. na.

你還真是好強耶。

會話 2

A：どうしても勝ちたいんだ。
do. u. shi. te. mo. ka. chi. ta. i. n. da.

無論如何我都想要贏。

B：頑張って。
ga. n. ba. tte.

加油。

例えば
ta.to.e.ba.
例如 / 假如

説明

　　當「例如」解釋的時候，適用於舉例；當「假如」解釋的時候，就可以用來假設情境。

會話

A：私は洋食が好き。例えば、パスタとか全部大好き。

wa.ta.shi.wa.yo.u.sho.ku.ga.su.ki. /ta.to.e.ba. /
pa.su.ta.to.ka.ze.n.bu.da.i.su.ki.

我喜歡西式料理，例如義大利麵之類的我全部都喜歡。

B：僕は和食の方が好きだ。

bo.ku.wa.wa.sho.ku.no.ho.u.ga.su.ki.da.

我比較喜歡日本料理。

例句

例えば、君が十万元を持っていたとすれば、どうしますか？

ta.to.e.ba. /ki.mi.ga.ju.u.ma.n.ge.n.o.mo.tte.i.ta.
to.su.re.ba. /do.u.shi.ma.su.ka.

假如你有十萬元的話，你會怎麼做？

たまたま
偶々です

ta.ma.ta.ma.de.su.

偶然 / 碰巧

説明

　　本句是表示「偶然」的副詞，另外也可解釋成表示「偶爾」的頻率副詞。

會話 1

A：どうしてここにいるんですか？
do. u. shi. te. ko. ko. ni. i. ru. n. de. su. ka.

為什麼你會在這裡？

B：偶々通りかかっただけです。
ta. ma. ta. ma. to. o. ri. ka. ka. tta. da. ke. de. su.

我只是剛好路過而已。

會話 2

A：すごいです！
su. go. i. de. su.

真厲害！

B：偶々運がよかっただけ。
ta. ma. ta. ma. u. n. ga. yo. ka. tta. da. ke.

只是碰巧運氣好罷了。

心 なしか
こころ
ko.ko.ro.na.shi.ka.
也許是心理作用

説明

　　説明自己的想法受到心理或外在因素影響，可能只是自己的錯覺。

會話

A: うちの猫が痩せて、心 なしか元気がないように見えます。
ねこ　や　こころ　げんき
み

u. chi. no. ne. ko. ga. ya. se. te. /ko. ko. ro. na. shi. ka. ge. n. ki. ga. na. i. yo. u. ni. mi. e. ma. su

我家的貓變瘦了，不曉得是不是心理作用它看起來很沒精神。

B: それは大変ですね。
たいへん

so. re. wa. ta. i. he. n. de. su. ne.

這可真糟糕耶。

例句

心 なしか彼は少し悲しそうな顔をしたように見えた。
こころ　かれ　すこ　かな　かお
み

ko. ko. ro. na. shi. ka. ka. re. wa. su. ko. shi. ka. na. shi. so. u. na. ka. o. o. shi. ta. yo. u. ni. mi. e. ta.

也許是心理作用吧，他的表情看起來有點悲傷。

恐　縮 です
きょうしゅく

kyo.u.shu.ku.de.su.

不敢當、過意不去

説明

　　本句為當受到對方餽贈或稱讚時，非常鄭重的
自謙詞。

會話

A: 島崎くん、大したものだね！
しまざき　　　たい

shi.ma.za.ki.ku.n. /ta.i.shi.ta.mo.no.da.ne.

島崎，你真是了不起耶！

B: 恐　縮 です。私 なんかまだまだです。
きょうしゅく　　　わたし

kyo.u.shu.ku.de.su. /wa.ta.shi.na.n.ka.ma.da.ma.da.
de.su.

不敢當，我還差得遠呢。

例句

ご迷惑をおかけして 誠 に 恐 縮 です．
めいわく　　　　　　　まこと　きょうしゅく

go.me.i.wa.ku.o.o.ka.ke.shi.te.ma.ko.to.ni.kyo.
u.shu.ku.de.su.

給您添麻煩實在惶恐萬分。

中国語のメニューはあります
か？

chu.u.go.ku.go.no.me.nyu.u.wa.a.ri.

ma.su.ka.

有中文菜單嗎？

説明

「……はありますか？」可用來詢問對方有沒
有什麼東西。

會話

A：すみません、中国語のメニューはありま
すか？

su.mi.ma.se.n. /chu.u.go.ku.go.no.me.nyu.u.wa.
a.ri.ma.su.ka.

不好意思，有中文菜單嗎？

B：はい、ありますよ。

ha.i. /a.ri.ma.su.yo.

是，有喔。

例句

ベビーカーの貸し出しはありますか？

be.bi.i.ka.a.no.ka.shi.da.shi.wa.a.ri.ma.su.ka.

有租借嬰兒車的服務嗎？

試着してもいいですか？
shi.cha.ku.shi.te.mo.i.i.de.su.ka.
可以試穿嗎？

説明

購物時，可用來詢問店員衣物是否方便試穿。

會話

A: これ、試着してもいいですか？
ko. re. /shi. cha. ku. shi. te. mo. i. i. de. su. ka.

我可以試穿這個嗎？

B: はい、どうぞご自由にご試着ください。
ha. i. /do. u. zo. go. ji. yu. u. ni. go. shi. cha. ku. ku.
da. sa. i.

可以的，歡迎隨意試穿。

例句

このコートを試着してもいいですか？
ko. no. ko. o. to. o. shi. cha. ku. shi. te. mo. i. i. de. su. ka.

我可以試穿這件大衣嗎？

タクシーを呼んでもらえますか？

ta.ku.si.i.o.yo.n.de.mo.ra.e.ma.su.ka.

可以幫我叫計程車嗎？

説明

在動詞後面加上「もらえますか」，即可表達
需要請對方幫個忙。

會話

A: タクシーを呼んでもらえますか？
ta. ku. si. i. o. yo. n. de. mo. ra. e. ma. su. ka.

可以幫我叫計程車嗎？

B: はい、かしこまりました。
ha. i. /ka. shi. ko. ma. ri. ma. shi. ta.

好的，我知道了。

例句

すみませんが、救急車を呼んでもらえま
すか？
su. mi. ma. se. n. ga. /kyu. u. kyu. u. sha. o. yo. n. de.
mo. ra. e. ma. su. ka.

不好意思，可以幫我叫救護車嗎？

急いでいます
いそ

i.so.i.de.i.ma.su.

趕時間

說明

形容為了某些原因正忙得不可開交，沒有時間搭理對方。

會話

A: あの、ちょっといいですか？
a. no. /cho. tto. i. i. de. su. ka.

那個，可以打擾一下嗎？

B: すみません、急いでいるので。
su. mi. ma. se. n. /i. so. i. de. i. ru. no. de.

不好意思，我在趕時間。

例句

急いでいるんですか？
いそ

i. so. i. de. i. ru. n. de. su. ka.

你現在在趕時間嗎？

なるべく早^{はや}くお願^{ねが}いします

na.ru.be.ku.ha.ya.ku.o.ne.ga.i.shi.

ma.su.

麻煩盡快

説明

「なるべく」是副詞，是「盡量、盡可能地」
的意思。

會話

A: なるべく早^{はや}くお返事^{へんじ}お願^{ねが}いします。

na.ru.be.ku.ha.ya.ku.o.he.n.ji.o.ne.ga.i.shi.
ma.su.

麻煩盡快回覆。

B: はい、分^わかりました。

ha.i. /wa.ka.ri.ma.shi.ta.

好的，我知道了。

例句

なるべく早^{はや}く配送^{はいそう}してください。

na.ru.be.ku.ha.ya.ku.ha.i.so.u.shi.te.ku.da.sa.i.

麻煩盡早出貨。

346 一天五分鐘搞定
日語會話

冗談です

じょうだん

jo.u.da.n.de.su.

開玩笑的

説明
「冗談」是「玩笑、戲言」的意思。

會話

A: 冗談ですよ。
jo. u. da. n. de. su. yo.

我開玩笑的啦。

B: 笑えない冗談を言わないでください。
wa. ra. wa. na. i. jo. u. da. n. o. i. wa. na. i. de. ku. da. sa. i.

請不要開這種不好笑的玩笑。

例句

冗談にもほどがある。
jo. u. da. n. ni. mo. ho. do. ga. a. ru.

開玩笑也得要有分寸。

日語館 系列 03

一天5分鐘搞定日語會話

 作者　周盈汝　 執行編輯　周盈汝　 美術編輯　林子凌

出版社

22103　新北市汐止區大同路三段１８８號９樓之１
TEL　（02）8647-3663
FAX　（02）8647-3660

法律顧問　方圓法律事務所　涂成樞律師

總經銷：永續圖書有限公司
永續圖書線上購物網
www.foreverbooks.com.tw

CVS代理　美璟文化有限公司
　　　　　TEL　（02）2723-9968
　　　　　FAX　（02）2723-9668
出版日　2014年07月

國家圖書館出版品預行編目資料

　一天5分鐘搞定日語會話 / 周盈汝著. -- 初版.
　　-- 新北市：語言鳥文化，民103. 07
　　　　面 ；　公分. --（日語館 ；3）
　　ISBN 978-986-90032-6-1(平裝附光碟片)
　　　　　1. 日語 2. 會話
　　803. 188　　　　　　　　103010045

語言鳥 Parrot 讀者回函卡

一天5分鐘搞定日語會話

感謝您對這本書的支持，請務必留下您的基本資料及常用的電子信箱，以傳真、掃描或使用我們準備的免郵回函寄回。我們每月將抽出一百名回函者寄出精美禮物，並享有生日當月購書優惠價，語言鳥文化再一次感謝您的支持與愛護！

想知道更多更即時的消息，歡迎加入"永續圖書粉絲團"

傳真電話：　　　　　　　　　電子信箱：
(02) 8647-3660　　　　　　　yungjiuh@ms45.hinet.net

基本資料

姓名：＿＿＿＿＿　○先生　電話：＿＿＿＿＿
　　　　　　　　○小姐

E-mail：＿＿＿＿＿

地址：＿＿＿＿＿

購買此書的縣市及地點：＿＿＿＿＿

□連鎖書店　　□一般書局　　□量販店　　□超商

□書展　　□郵購　　□網路訂購　　□其他＿＿＿

您對於本書的意見

內容	：	□滿意	□尚可	□待改進
編排	：	□滿意	□尚可	□待改進
文字閱讀	：	□滿意	□尚可	□待改進
封面設計	：	□滿意	□尚可	□待改進
印刷品質	：	□滿意	□尚可	□待改進

您對於敝公司的建議

＿＿＿＿＿＿＿＿＿＿＿＿＿＿＿＿＿＿＿

＿＿＿＿＿＿＿＿＿＿＿＿＿＿＿＿＿＿＿

＿＿＿＿＿＿＿＿＿＿＿＿＿＿＿＿＿＿＿

切下後傳真、掃描或寄回至「22103新北市汐止區大同路3段188號9樓之1，永續圖書收」

新北市汐止區大同路三段188號9樓之1

語言鳥文化事業有限公司

編輯部 收

請沿此虛線對折免貼郵票,以膠帶黏貼後寄回,謝謝!

語言是通往世界的橋梁

語言鳥Parrot

語言是通往世界的橋梁

語言是通往世界的橋梁